Unterwürfiger Sklave und andere Geschichten

Erika Sanders

Serie
Herrschaft und erotische Unterwerfung

# Zusammenfassung

Dieses Buch besteht aus folgenden Geschichten:
Unterwürfiger Sklave
Sandys Wunsch
Zombie Apokalypsex

**Unterwürfiger Sklave** ist ein Roman mit starkem erotischem BDSM-Inhalt und wiederum ein neuer Roman aus der Sammlung „Erotische Domination", einer Romanreihe mit hohem romantischem und erotischem BDSM-Inhalt.

(Alle Charaktere sind 18 Jahre oder älter)

# Hinweis zum Autorin:

Erika Sanders ist eine bekannte internationale Schriftstellerin, die in mehr als zwanzig Sprachen übersetzt wurde und ihre erotischsten Schriften, fernab ihrer üblichen Prosa, mit ihrem Mädchennamen signiert.

# Index

# UNTERWÜRFIGER SKLAVE UND ANDERE GESCHICHTEN
## ERIKA SANDERS

# UNTERWÜRFIGER SKLAVE

# KAPITEL I

Wo zum Teufel war sie?

Das dachte ich mir, als ich an einem Zweiertisch in der Cafeteria an einer Hauptstraße am Stadtrand saß.

Ich hatte bereits zwei Tassen Kaffee getrunken und es war mehr als eine Stunde nach dem, was wir gestern vereinbart hatten, und verdammt, ich musste pinkeln gehen.

Da ich nicht wusste, ob ich bleiben oder gehen sollte oder was auch immer, überzeugte ich mich schließlich davon, dass ich im Stich gelassen worden war, und beschloss, mich ablösen zu lassen.

Was für eine verdammte Zeitverschwendung und das ist nur ein weiterer Schlag für mein Ego ... es geschah zu kurz vor dem anderen Mal, ich hätte es besser wissen sollen, dachte ich, als ich vom Tisch aufstand und zur Herrentoilette ging.

Wir hatten uns neulich Abend im Chat kennengelernt.

Ich hatte einen Raum mit dem Thema „Finden einer Domina in der richtigen Gegend" eingerichtet und nach ein paar Stunden kam Lucy herein und wir begannen darüber zu reden, was uns an der Situation und dem Thema gefällt und was nicht.

Wir tauschten Bilder aus ... nichts Gewagtes, zunächst nur Bilder von uns in normaler Kleidung.

Uns gefiel, was wir sahen, und wir beschlossen, uns heute Morgen am frühen Samstagmorgen im Café zu treffen ... eigentlich sehr früh ... um 6:15 Uhr.

Lucy bittet mich dann, ihr eine Liste meiner Grenzen zu schicken ... eine vollständige Liste dessen, was ich nicht tun würde und was ich tun wollte.

Sie ließ sich auch alle meine Maße von mir schicken; alles von der Länge meines Schwanzes, als er erigiert war, bis zur Größe meines Schuhs.

Später bat sie mich, ihr Bilder von meinem Schwanz zu schicken, wie er normalerweise hing und auch mit einer vollen Erektion.

Er hatte alles getan, aber verdammt, er war hier im Badezimmer der Cafeteria gelandet.

Ich verließ das Café und ging zu meinem Auto, das ganz hinten auf dem Parkplatz stand, wo ich Lucy gesagt hatte, dass ich es parken würde, und ihr gleichzeitig auch mein Nummernschild gegeben hatte.

Als ich die Tür öffnete, begann das Fenster auf der Beifahrerseite eines neben mir geparkten schwarzen SUV herunterzurollen.

„ Peter, bist du das?" sagte eine weibliche Stimme leise

Ich sagte ihm, dass ich es sei.

„Es tut mir leid, aber ich musste sicherstellen, dass du die Person bist, für die du dich wirklich ausgabst."

Ich sah den Fahrer an und mein Herz begann fantastisch zu schlagen.

Es war Lucy und sie sah wunderschön aus ... in einem Ledermantel und hohen Lederstiefeln.

Ihr Ledermantel war unten aufgeknöpft und zeigte nackte Oberschenkel und etwas Leder darüber, aber ich war mir nicht sicher, was genau das Leder war, aber es erfüllte seinen Zweck, mich zu erregen.


„Wo zum Teufel warst du? Ich habe über eine Stunde auf dich gewartet." Ich platzte heraus, als ich ihre Stiefel betrachtete und spürte, wie mein Schwanz anfing, auf die Situation zu achten .

„Jetzt Peter, sag einfach, was du fühlst. Wenn du immer noch daran interessiert bist, mich zu treffen, folgst du mir jetzt zu meinem Haus.

Sobald wir dort sind, fährst du in die Garage neben meinem Auto. Verstehst du das Kind?"

Bevor er antworten konnte, schloss sich das Fenster, der SUV fuhr vom Parkplatz ab und fuhr los.

Meine Erektion verschwand in Rekordzeit auf der Stelle.

Was soll ich tun, was soll ich tun?

Fluch.

Ich sprang in mein Auto und rannte hinter ihr her, in der Hoffnung, dass es nicht zu spät war.

" Wo ist sie?" Ich sagte mir, als ich mich dem Ausgang näherte ... „Da ist er rechts abgebogen; er fährt nach Westen."

Ich versuchte, Schritt zu halten und sie im Blick zu behalten, ohne zu schnell zu fahren, da diese Straße für ihre Radarkameras bekannt war.

Ich hatte es in Sichtweite, als es plötzlich durch ein bernsteinfarbenes Licht ging, das mich zwang, anzuhalten und zuzusehen, wie es verschwand.

„Schlampe ... er hat es mit Absicht getan", schrie ich niemanden an.

Ich wartete eine gefühlte Ewigkeit darauf, dass die Ampel auf Grün wechselte, und fuhr dann so schnell wie möglich los, weil ich glaubte, den Überblick verloren zu haben.

„Da ist sie, machen Sie weiter." Ich schrie vor mich hin... sie muss im Stau steckengeblieben sein oder vielleicht hatte sie angehalten.

folgte ich ihr direkt, und ein paar Meilen später bog sie schließlich rechts in eine Seitenstraße ein, die für ihre teuren Häuser und die tolle Aussicht bekannt ist, da es sich um Grundstücke am See handelte.

Wir fuhren viel langsamer.

Er möchte wahrscheinlich nicht, dass die Nachbarn etwas bemerken, dachte ich.

Dann bog er rechts in eine Straße ein, an deren Ende ein riesiges Haus stand, und mein erster Gedanke war, dass ich mich verlaufen hatte ... aber er fuhr zur Garage und öffnete die Tür, bevor ich dort ankam.

Sie ließ das Auto auf der linken Seite stehen und ich fuhr rechts neben ihr her.

Ich betrat kaum die Garage, als sich die Tür zu schließen begann, ich stellte das Auto ab und stieg aus.

Sie öffnete eine Tür zum Haupthaus und bedeutete mir, ihr zu folgen, was ich auch tat, allerdings zögernd.

Ich wischte meine Füße auf einer Matte ab, betrat das Haus und schloss die Tür hinter mir.

Dann drehte ich mich zu Lucy um.

„Weißt du, dass du fünf Meilen von mir entfernt wohnst..."

Ohrfeige... Ohrfeige... Ohrfeige... sie schlug mir hart auf die Wangen.

„Wie kannst du es wagen, so mit mir zu reden? Du wirst mich nie wieder in Frage stellen, ein wertloses Stück Scheiße wie du! Verstehst du mich, Peter?"

Ich war schockiert, da ich das nicht erwartet hatte.

"Ja ich glaube."

Er packte mich vorne am Hemd ... Ohrfeige, Ohrfeige ... Ohrfeige.

Sie schlug mich erneut und dieses Mal versuchte ich mich zu schützen und packte ihr Handgelenk... nur aus Reflex, aber ich merkte, dass es dumm war und ließ schnell los.

„Oh Scheiße, ich bin am Arsch", dachte ich und wartete darauf, dass sie mir sagte, ich solle gehen.

„JETZT auf die Knie, Peter!" Sagte er laut, als er meine Haare packte und mich nach unten zwang.

„Du hast eine kleine Strafe verdient, Sklave." Sie sagte.

Sie nannte mich eine Sklavin und ich dachte, sie würde das schon seit 20 Minuten tun.

Meine Knie waren zusammen, meine Hände waren auf beiden Seiten, um mich zu stabilisieren, und ich sah sie an.

Sie sah mich an und trat mich dann hart dort, wo meine Knie sich berührten.

„Spreiz die Knie, Schlampe!"

Ich habe getan, was mir gesagt wurde.

Dann legte sie die Spitze ihres rechten Fußes auf meinen Schwanz und drückte ihn fest.

„Vergiss es nicht noch einmal, Peter. Senke außerdem deinen verdammten Kopf und schau auf den Boden. Lege deine Hände auf deine Oberschenkel, Handflächen nach oben, in der richtigen Position für einen Sklaven."

„Du hast fünfzehn Sklavenpeitschenhiebe verdient, die du zu Beginn unserer Sitzung erhalten wirst. Fünf dafür, dass du unverschämt warst, als du mich fragtest, wo zum Teufel ich sei. Fünf dafür, dass du falsch geantwortet hast, indem du nicht respektvoll mit mir gesprochen hast und mich nicht Herrin oder Herrin genannt hast." Lucy. Das wirst du. Das wirst du immer tun, wenn du nicht in der Öffentlichkeit bist, also in einem Auto oder in einem Haus ... ob hier oder in einem privaten Raum. Fünf steht dafür, dass du mich ohne Zustimmung berührt hast, als er mein Handgelenk gepackt hat . Wenn du es tust Wenn du es noch einmal tust, wirst du über deine Grenzen hinaus bestraft, denn ich muss mich selbst schützen. Verstehst du, warum du bestraft wirst, Peter?

Ich sah ihr so gut ich konnte ins Gesicht und sagte:

"Ja ich verstehe".

Sie packte mich fest an meinen Haaren und sah mir in die Augen.

„Das sind noch einmal fünf Schläge, weil du mir nicht gehorchst, indem du aufschaust und respektlos zeigst, indem du mich nicht als Herrin bezeichnest. Verstehst du mich, Peter?"

Ich senkte meine Augen und meinen Kopf so gut ich konnte, obwohl sie mich immer noch an den Haaren festhielt, und sagte:

„Ja, Herrin Lucy, ich verstehe."

Büßer und mein Sexsklave wirst und dass du eine Ausbildung brauchst. Ist das richtig, Peter?"

„Ja, Ma'am, das ist richtig."

„Sie haben angegeben, dass Ihre Grenzen nicht bei Teenagern oder darunter liegen, kein Blut, keine Nadelstiche, keine bleibenden Spuren. Stimmt das, Peter?"

„Ja, Ma'am, das ist richtig."

„Haben Sie sich heute Morgen mit der von uns besprochenen Schnelleinlaufmethode gereinigt?"

„Ja, Frau Lucy, ich habe es genau so gemacht, wie Sie es mir gesagt haben."

„Bist du immer noch daran interessiert, mein Trauerkind und Sexsklave Peter zu werden?

„Ja, Ma'am, mehr denn je."

Dann ließ er meine Haare herunter, während er auf den Boden blickte.

Ich habe das Gefühl, als wäre ich gerade ins tiefe Ende des Beckens gesprungen und hätte nicht schwimmen gelernt.

„Na, mal sehen, ob du trainiert werden kannst. Steh auf und leer alle deine Taschen, nimm deine Uhr und deine Ringe ab und lege alles auf das Tischchen!" worauf sie hingewiesen hat. „Dann zieh deine Schuhe aus und lege sie auf den Boden neben dem Tisch."

Ich erledigte alles, was er mir sagte, so schnell ich konnte und da es meine erste Chance war, schaute ich mich im Haus um.

Es befand sich in der Haupthalle, nicht weit von der Treppe entfernt, die in den Keller führte.

Ich schaute die Domina ohne Augenkontakt an und sah, dass sie immer noch ihren Ledermantel und ihre Stiefel trug.

Gott, sie ist noch schöner als das Foto, das sie mir geschickt hat.

Kurzes dunkelblondes Haar mit Pony in den Augen. Ich kann es kaum erwarten herauszufinden, wie der Rest von ihr aussieht, dachte ich.

„Jetzt, Peter, ziehst du für eine Inspektion alle deine Klamotten aus; Hände hinter deinem Kopf, Kopf nach unten und Beine weit auseinander. JETZT, du verdammte Schlampe, nicht morgen!"

Ich zog mich so schnell ich konnte aus und stand nackt da, um mich zu inspizieren.

Als ich nach unten schaute, beobachtete ich, wie mein Schwanz in Erwartung der Erfüllung meiner Träume zu wachsen begann.

Gott, wie ich wünschte, er würde mich jetzt zum Abspritzen bringen, dachte ich.

„Als ich sagte, ich wollte deine Beine weit auseinander haben, meinte ich es so. Jetzt spreize deine Beine Nur einer, um festzustellen, wann Sie einen bekommen.

„Es tut mir leid, Ma'am... ja, Ma'am", platzte ich heraus und schaute auf meinen harten Schwanz.

Dann zog er meine Kleidung aus und ging langsam um mich herum.

Zuerst kniff sie in eine Brustwarze und dann in die Eichel meines Penis und drückte ihn fest, während sie durch zusammengebissene Zähne stöhnte.

Sie lachte, als sie mich mehrmals auf die Probe stellte.

„Jetzt, Sklave Peter, wirst du alle deine Klamotten einsammeln und in den Keller gehen. Öffne die erste Tür rechts, geh hinein und schließe die Tür. Mach kein Licht an... Da, in der Mitte Im Zimmer findest du oben eine Sporttasche mit Anleitung. Gehe direkt zur Tasche, lies die Anleitung und befolge sie genau. Für diese Aufgabe hast du 20 Minuten Zeit und ich werde jede deiner Bewegungen mit der Kamera beobachten. Ja, ja Verstehst du Peter?"

„Ja, Frau Lucy, ich verstehe."

„Dann geh, Junge, du hast schon 20 Sekunden verbraucht."

So schnell ich konnte, sammelte ich meine Kleidung ein, rannte die Treppe hinunter, öffnete die erste Tür rechts, ging hinein und schloss sie hinter mir.

„Auf was zum Teufel habe ich mich nur eingelassen, ich bin wirklich am Arsch."

Ja, ich bin definitiv in einen tiefen Abgrund gesprungen.

# KAPITEL II

So schnell sollte es doch nicht gehen, dachte ich mir, als ich sicherstellte, dass die Tür geschlossen war.

Ich lehnte meinen Kopf gegen die Tür, schloss die Augen und fragte mich, ob das wirklich passierte.

Ein 40-jähriger, berufstätiger Mann wie ich, geschieden, erfüllte endlich seinen Traum.

Ich wurde in eine völlig neue Welt eingeführt.

Dort, in der Mitte des Raumes, mit einem einzigen Scheinwerfer, der an die Decke schien, lag eine schwarze Matte mit einer Sporttasche darauf, eigentlich einer Nike-Tasche.

Ich ging schnell auf sie zu und spürte die Kälte des Betonbodens an meinen Füßen.

Vielleicht war er in seinem Kerker.

Oben auf der Tasche befand sich ein gefaltetes Stück Papier mit der Aufschrift „Sklave Peter", ich, aber woher hatte er gewusst, dass ich hier sein würde?

Ich nahm die Notiz und begann sie zu lesen.

Sklave Peter

Schlampe, du wirst jetzt auf die Knie gehen, um diese Notiz zu lesen.

Befolgen Sie die Anweisungen genau und seien Sie schnell, denn Ihre Zeit wird knapp.

Ich kniete mich schnell hin und sah mich dabei um, aber im Rest des Raumes gab es kein Licht; nur das Licht, das auf mich scheint, während ich die Notiz lese.

1. Stapeln Sie Ihre Kleidung sorgfältig neben der Tasche.

2. Nehmen Sie alles aus der Tasche und legen Sie Ihre Kleidung hinein.

3. Legen Sie das Halsband an, stellen Sie sicher, dass es fest sitzt, und verriegeln Sie es dann.

4. Legen Sie den Körpergurt an und schließen Sie alle Schnallen und den Hammerring. Sie müssen alle dicht sein.

5. Legen Sie die Hand- und Fußfesseln an und sichern Sie sie mit einem Vorhängeschloss. Auf jedem einzelnen ist angegeben, wo er hingehört und fest angezogen werden muss.

6. Verriegeln Sie die Fußfesseln mit der 6-Zoll-Kette und den Vorhängeschlössern.

7. Schnalle am Kiefer. Es handelt sich um einen weiten Kiefer, der sehr eng sein sollte.

8. Überprüfen Sie den Bereich und legen Sie alles, was Sie nicht verwendet haben, in den Beutel.

9. Legen Sie die Augenbinde an und befestigen Sie sie fest!

10. Verriegeln Sie die Handgelenksmanschetten.

11. Nehmen Sie die Slave-Position ein und warten Sie.

Als ich die Notiz las, fiel ich auf die Knie, während ich versuchte, jeden Gegenstand in der Tasche zu finden, und schließlich warf ich, frustriert darüber, sie zu finden, die Tasche einfach vor mich hin.

Als ich das alles sah, glaubte ich wirklich, dass andere kommen würden, denn das alles konnte nicht nur für mich sein.

Plötzlich ertönte aus einem Lautsprecher direkt über mir seine Stimme, laut, tief und schwer.

„Sie haben noch 15 Minuten Zeit."

Diese Erinnerung löste in mir Panik aus und ich sammelte schnell meine Kleidung ein, warf sie in die Tasche und schloss sie.

Dann ging ich den Stapel Lederriemen durch, bis ich das Halsband fand.

Verdammt, es ist ein Strafhalsband.

Ich schaute auf das dicke, zehn Zentimeter hohe schwarze Halsband und fragte mich, wie ich es anlegen sollte, bis mir auffiel, dass es ein kleines offenes Vorhängeschloss gab, das durch ein Loch im extrabreiten Stift der Schnalle passte.

Jetzt habe ich verstanden, wie es zu verwenden ist, und das Schloss entfernt.

Ich hob meinen Kopf, legte es um meinen Hals, sodass sich die Öffnung hinten und ein D-Ring vorne befanden, und befestigte es in einer bequemen Position.

Dann steckte ich das Vorhängeschloss durch das Stiftloch und verriegelte es.

Da sitzt das verdammte Ding, dachte ich.

Was kommt als nächstes?

Glücklicherweise hatte ich einige Zeit damit verbracht, mich mit dem Thema Dominanzspielzeug zu befassen und mehrere im Internet beworbene Körpergeschirre gesehen, sodass ich es schnell finden konnte und nach einem Moment in der Hand zu dem Schluss kam, dass es sich um ein Oberkörpergeschirr handelte.

So schnell ich konnte, ermittelte ich die Vorderseite von hinten und warf sie um mich herum, so dass die Hauptringe auf der Rückseite und die meisten Verstellschnallen auf der Vorderseite waren.

Zum Glück waren die beiden Riemen, die um beide Seiten meines Halses liefen, locker und das half dabei, die Vorderseite von hinten zu positionieren, zusammen mit der Tatsache, dass auch der Penisring vorne hing.

Diese beiden Träger trafen ringförmig vorne und hinten knapp unter meinen Brüsten zusammen.

Von hier aus führte ein einzelner Riemen zu einem weiteren Ring auf Höhe meiner Hüfte und von diesem Ring an der Vorderseite hielt ein weiterer Riemen den Penisring, wobei der Riemen darunter befestigt war.

Sowohl der vordere als auch der hintere Ring hielten die Riemen, um die Seiten von vorne nach hinten zu verbinden.

Nach ein paar Sekunden des Hin- und Herwerfens beschloss ich, die seitlichen Riemen des Rings unter meinen Brüsten zu verbinden und sie zu schnallen, bis sie fest, aber nicht zu eng waren.

Das Gleiche wiederholte ich dann mit den seitlichen Riemen an meiner Hüfte.

Das wurde langsam schwierig, da der Halsgurt meinen Kopf oben hielt und ich nicht mehr gut sehen konnte, was ich tat.

Als nächstes kam der Penisring und ich wusste, dass dies nur durch Fühlen erfolgen musste, ohne hinsehen zu können.

Gott, ich wünschte, ich hätte meine Schwanzmaße übertrieben, als Lucy danach fragte.

Jetzt hängt es nicht mehr so gut an mir und ich hatte nicht damit gerechnet, dass es ein Problem geben würde, bis ich den Penisring hochhalten konnte, damit ich ihn sehen konnte.

Verdammt, es ist winzig!

Wie komme ich dort an meine Teile?

Ich nahm einen Ball nach dem anderen und hatte Glück, dass mein Schwanz zu diesem Zeitpunkt locker war und ich den Schaft durch den verbleibenden Raum quetschen konnte.

Ein wenig Gleitmittel hätte geholfen, aber es gab keines.

Ich zog den Riemen des Penisrings am Hüftring fest und nahm dann den verbleibenden Riemen des Penisrings, platzierte ihn zwischen meinen Beinen und der Rückseite meiner Hüfte auf meinem Rücken und knöpfte ihn dann mit meinen Armen hinter mir zu, so gut ich konnte.

Sobald ich das tat, bekam ich eine Erektion mit der Folge, dass sich der Schmerz an der Basis meines Schwanzes und meiner Hoden überraschend fantastisch anfühlte.

Dann zog ich jeden Riemen fest und wiederholte den Vorgang immer wieder, bis ich das Gefühl hatte, dass sie so fest waren, wie sie sein mussten.

Der gesamte Vorgang hielt meinen Schwanz bis zum Abschluss aufrecht.

Lucys Stimme erklang wieder aus dem Deckenlautsprecher und sie wirkte dominanter als zuvor.

„SKLAVE, DU HAST NOCH 5 MINUTEN."

„Nein, das ist nicht möglich, Ma'am. Das kann nicht sein." Ich protestierte.

„Sie haben 5 Minuten. Beeilen Sie sich."

So schnell ich konnte, positionierte ich mich, fixierte die Hand- und Fußgelenke und zeigte darauf, wohin sie jeweils gehen sollten.

Dann fand ich die Kette und befestigte sie mit Vorhängeschlössern an den D-Ringen jeder Manschette an meinen Fußfesseln.

Das alles war keine leichte Aufgabe, da das verdammte Strafhalsband meine Sicht einschränkte.

Dann der Knebel!

Es war aus dickem Leder und hatte eine große Öffnung, durch die meine Lippen und Zähne hindurchpassen konnten.

Als ich es zum ersten Mal probierte, dachte ich, dass es sich um einen Fehler handeln muss, da ich meinen Mund beim ersten Versuch nicht über den hervorstehenden Ring bekommen konnte.

Ich versuchte es noch einmal und steckte meine Zähne in den Ring, aber es war schmerzhaft unangenehm.

Ich habe es fest zugeknöpft, um sicherzustellen, dass es sich nicht löst.

Gott, das Loch war groß genug für ein gutes Glied, aber ich hoffte, dass ich es nie bekommen würde. Warum habe ich das nicht auf meine Liste der Grenzen gesetzt?

Nachdem ich die Augenbinde gefunden hatte, hob ich alles auf, steckte sie in die Tasche und schloss sie.

Ich befestigte die Augenbinde und gerade als ich sie befestigte, erwachte der Deckenlautsprecher zum Leben.

„DEINE ZEIT IST UM. JETZT BIST DU MEIN SKLAVE."

Oh Scheiße, ich habe vergessen, meine Handgelenke zu fixieren, schrie ich in den Knebel.

Verzweifelt fand ich die Tasche, öffnete sie und nach einer gefühlten Ewigkeit fand ich ein offenes Vorhängeschloss.

Schnell, aber mühsam und es muss 2 Minuten oder länger gedauert haben, gelang es mir, die Handschellen hinter meinem Rücken zu binden.

Dann kniete ich mich in völliger Unterwerfung nieder, die Knie gespreizt.

Ach nein! Ich habe die Tasche nicht geschlossen.

Ich kniete dort, was mir wie die längste Zeit der Welt vorkam, während ich lauschte, wie sich die Tür öffnete und schloss.

Es war kein Laut zu hören; Er sagte nichts.

Die Stiefel klickten auf dem Boden und ich wusste an der Luftbewegung über meinem Körper und am Geruch ihres Parfüms, dass sie in der Nähe war.

Gott, es roch fantastisch.

Es ist Jahre her, seit ich eine solche Frau so nah bei mir hatte.

Ich konnte das Leder seiner Stiefel hören, dachte ich und stellte mir vor, dass er die Tasche inspizierte.

Ich konnte das Leder riechen, das er trug, und ich begann erregt zu werden, als ich mich unterwürfig hinkniete.

Plumpsen!

„Agrrrrrrrrrrr“, stöhnte ich, nachdem ich einen Tritt in meine Eier bekommen hatte, der mehr schmerzte als jeder andere Schmerz, den ich jemals in meinem Leben bekommen hatte.

Der unerwartete Schmerz zwang meine Knie dazu, sich zusammenzuziehen.

„Du hast mir nicht gehorcht, du wertloses Stück Scheiße. Spreize JETZT die Knie!“

Ich gehorchte langsam und bewegte meine Knie weg, in der Erwartung, einen weiteren Schlag zu bekommen, aber es kam nichts.

Ich murmelte in den Knebel hinein ein unverständliches „Tut mir leid, Herrin."

„Du enttäuschst mich, Peter. Du hast deinen ersten Auftrag nicht bestanden und deshalb bekommst du deine Tracht Prügel erst heute Abend auf der Party und sie wird verdreifacht."

Party? Wovon zum Teufel redest du?

Dachte ich plötzlich und Lucy musste meine Besorgnis aufgrund einer Bewegung meines Körpers gespürt haben.

„Ich werde heute Abend einige meiner Freunde einladen. Willst du als mein Sklave dabei sein, Peter? Du wirst die Hauptattraktion sein; eigentlich wirst du heute Abend die einzige Attraktion sein. Nun, bist du interessiert? ?"

Ich versuchte, all diese neuen Informationen zu verarbeiten, als ... eine Ohrfeige ... seine Hand auf meiner linken Wange landete.

Verdammt, das tut weh.

„Ich habe dir eine Frage gestellt, Peter. Bist du interessiert? Wenn nicht, endet dein Dienst sofort!"

So gut ich konnte, schüttelte ich den Kopf, um zu zeigen, dass ich interessiert war, und murmelte in den Gag hinein:

„Bitte lassen Sie mich an Ihrer Party teilnehmen, Herrin Lucy."

„Okay Peter, du darfst nach Hause gehen und dich für die Party fertig machen, aber zuerst müssen wir uns hier und jetzt um einige Dinge kümmern. Du hast die Anweisungen nicht sehr gut befolgt, oder? Du bist nicht gegangen Wenn du kein Spielzeug für unsere Sitzung hast, lautet deine Halskette: „Ich lasse los und bin höllisch geil. Sehr schlechte Schlampe, weil ich vorhabe, heute Abend dafür sehr hart zu dir zu sein."

Dann packte er mich an den Haaren und zog meinen Kopf so weit zurück, dass ich mir vorstellen konnte, dass er auf mein geknebeltes Gesicht mit verbundenen Augen herabblickte.

„In ein paar Minuten, meine Hure, wirst du nicht mehr so ungehorsam sein", sagte er mit tiefer, befehlender Stimme.

Ich wusste, was er meinte und ich kniete schweigend da, nachdem er meinen Kopf losgelassen hatte.

„Zuerst muss ich dir beibringen, deine Herrin immer zu respektieren und ihr zu gehorchen."

Das Geräusch seiner Stiefel zeigte an, dass er sich entfernt hatte, und bald hörte ich etwas in meine Richtung schlurfen.

Dann fühlte ich sie neben mir und ich spürte auch, wie sich etwas vor mir bewegte.

Seine Hand lag auf meinem Hinterkopf und öffnete die Augenbinde, die sich langsam löste, und ich blinzelte mehrmals, um mich an das Licht anzupassen.

Vor mir befand sich die Seite einer schwarzen Holzbank, die etwa einen Meter lang gewesen sein musste und über eine etwa zwei Fuß breite, schwarz gepolsterte Lederplatte verfügte.

Der Raum war jetzt vollständig erleuchtet und als ich mich umsah, bemerkte ich all die Lederartikel und Peitschen, die von den Wänden hingen, und alle Ketten und Seile, die von der Decke hingen.

Als ich meinen Kopf weiter nach rechts drehte, war sie da.

Oh Scheiße, sie ist so schön, dachte ich.

Sie trug immer noch die schwarzen Lederstiefel, trug aber nur ein kleines schwarzes Lederkorsett, das den Bereich von ihren Hüften bis knapp unter ihre Brüste bedeckte, und ein Paar schwarze Lederhandschuhe.

Ich begann sofort zu verhärten.

„Steh auf, Sklave, beuge dich über die Bank", befahl er.

Ehrlich gesagt habe ich versucht aufzustehen, aber ich war steif von der ganzen Zeit auf den Knien und die Kettenbremsen an meinen Knöcheln machten es unmöglich.

Egal wie sehr er es auch versuchte, er fiel immer auf die Knie oder fiel auf die eine oder andere Seite.

„Oh, scheiße", schrie sie und ich merkte an ihrem Gesichtsausdruck und dem Tonfall ihrer Stimme, dass sie wütend war.

Plötzlich schien er aufzuspringen und packte den Ring an meinem Hals.

Verdammt, das tat weh, sagte ich mir, als ich abrupt aufstand und mich auf die Bank setzte, wobei ich mit den Knöcheln herumstrampelte.

Als ich stöhnte, sagte sie nur:

„Gewöhne dich daran, Junge! Heute Nacht wird es noch schlimmer."

Nachdem er mich auf die Bank geworfen hatte, band er mich mit einem Seil vom Ring an meinem Hals an eine Öse unten an der Bank, sodass ich vom Kopf bis zu den Schultern über die Bank gebeugt war.

Aus dem rechten Augenwinkel konnte ich sehen, wie meine Herrin einen Lederriemen nahm, der zusammen mit vielen anderen Riemen an der Wand hing.

Es war vielleicht sieben Zentimeter breit und nicht sehr dick, und ich war dankbar, dass es nicht das Seil des Friseurs war, das noch an der Wand hing.

Schlag... Schlag... Schlag.

Sie warf den Riemen für eine gefühlte Ewigkeit gegen mein Gesäß.

Als ich versuchte, mich zu bewegen, um der Fesselung zu entkommen, hielt sie mich mit gefesselten Handgelenken fest und hob meine Arme, um meine Bewegung zu stoppen.

Schließlich war er fertig und seine Hand streichelte mein Gesäß, während er sich nach unten beugte und meine Schulter leckte.

„Du musst mir immer gehorchen, Peter. Verstehst du?"

Ich murmelte ein „Ja, AMA" in meinen Knebel, als er auf die Sporttasche auf dem Boden zuging.

Dann durchsuchte er es und überlegte, wonach er suchte. Dann zog er einen Ledergürtel heraus, an dem ein schwarzer Dildo befestigt war.

Ich sah zu, wie sie es schnell um ihre Taille und zwischen ihren Beinen hielt, bis es sich sicher und an der richtigen Stelle anfühlte.

Dann ging sie langsam hin und her, um sicherzustellen, dass ich sehen konnte, was passieren würde, und stellte sich vor mich.

Er hob meinen Kopf an meinen Haaren und führte den Dildo zu meinem Knebel.

„Sklave, ich habe den kleinsten Dildo ausgewählt, mit dem ich dich ficken muss. Ich hoffe, du schätzt meine Geste. JETZT lutsche daran, damit er vorbereitet und feucht ist. Ich werde auch ein Gleitmittel verwenden, damit du diesen Moment genießen kannst, unser erstes gemeinsames.

Während sie den Dildo langsam in das Knebelloch einführte, versuchte ich ihn mit meiner Zunge so gut es ging einzudämmen und ließ ihn dann herumkreisen, um ihn zu befeuchten.

Ihn zu lutschen kam nicht in Frage, aber er wusste, dass es in Zukunft eine Anforderung sein würde; vielleicht sogar heute Abend.

Dann nahm die Dame ihr Spielzeug aus meinem Mund und stand auf, wo sie die Kette an meinen Knöcheln öffnete und meine Beine spreizte, bis ich dachte, ich würde in zwei Teile spalten.

Dann spürte ich, wie seine behandschuhten Hände den Riemen lösten, der zwischen meinen Beinen verlief.

Sie spreizte mein Gesäß, als sie langsam mein unerforschtes Territorium betrat.

„Oh ja", schrie er wiederholt, während er sich in mich drückte und dann begann, mich ernsthaft zu ficken, mit jeweils einer Hand auf jeder meiner Hüften.

Ich hatte vorher nicht darauf geachtet, aber jetzt wurde mir klar, dass mein Schwanz hart war und an der Bank gerieben wurde, während mein Liebhaber mich fickte.

Sie bemerkte auch mein Wachstum und legte eine Hand auf meinen Schwanz und drückte ihn fest.

„Oh, du kleines Spielzeug. Es wird uns allen heute Abend gefallen, aber denk dran, wenn du kommst, musst du es ablecken. Oh ja, kleine Schlampe, verdammt, oh, so gut."

Dann, nach ein paar Minuten, zog er sich aus mir heraus und hielt meine Schultern, während er seinen Kopf auf meinen Rücken legte.

Sie atmete sehr schnell und er wusste, dass sie glücklich war.

„Du gehörst mir, Peter, ganz mein, verlass mich nie. Ich habe mein ganzes Leben nach dir gesucht."

Nachdem sie mich losgebunden hatte, kniete ich mich vor sie und sah zu, wie sie alles, was ich als Sklave mitgebracht hatte, aufschloss und herausnahm.

Als ich völlig nackt war, nahm ich die Sklavenposition ein und sah zu, wie sie zu einem anderen Schrank ging und einen schwarzen Samtbeutel herausnahm.

Sie kam zurück und stellte sich vor mich.

„Peter, diese Tasche enthält alles, was du heute Abend anziehen musst. Sobald du dein Haus verlässt, darfst du nichts anderes mehr tragen und dein Auto wird durchsucht, um sicherzustellen, dass du gehorchst. Du kannst auch von einem meiner Freunde verfolgt werden ... deinem Haus." Sie kommen zur Party, aber Sie werden es nie erfahren, deshalb müssen Sie im Voraus gewarnt sein. Sie dürfen die Tüte erst um 17:00 Uhr öffnen und müssen die Garage genau um 18:00 Uhr betreten. Schauen Sie voraus und warten Sie dort, bis Sie jemand abholt. Jetzt ziehst du dich an, gehst nach Hause, ruhst dich aus, isst eine leichte Mahlzeit und reinigst deinen Körper von innen, bevor du dich für die Party anziehst. Und noch etwas: Du wirst nicht nur dein Gesicht, sondern auch den Rest deines Körpers rasieren . Erlaubt sind nur die Haare auf deinem Oberkopf, deinen Augenbrauen und deinen Wimpern. Verstehst du, was von dir verlangt wird, mein Sklave, oder muss ich mich wiederholen?

„Ich verstehe Herrin Lucy."

„Okay, Peter. Jetzt steh auf."

Ich gehorchte und plötzlich war sie nah bei mir.

Brüste auf meiner Brust spüren ; Seine Wärme war bezaubernd und seine Geste war völlig unerwartet.

Er legte sanft eine Hand hinter meinen Kopf und führte sie zu seinen, bis sich unsere Lippen trafen, und öffnete sich dann, während unsere Zungen sich duellierten und wir in den Armen des anderen standen, während unsere Körper versuchten, eins zu werden.

Als sie wegging, bemerkte sie, dass mein Schwanz aufmerksam war und lächelte.

„Oh, Peter, nur noch eine Sache. Spiel niemals ohne Erlaubnis mit dir selbst! Jetzt geh und mach dich bereit für die Party."

# KAPITEL III

Ich blickte zum scheinbar millionsten Mal in der letzten Stunde erneut auf meine Uhr und kam schließlich zu dem Schluss, dass es fast Zeit war, die Tüte zu öffnen.

Alles wurde wie von Lucy angeordnet durchgeführt.

Von seinem Haus bis zu meinem waren es nur knapp fünf Meilen mit dem Auto, was überraschend war, da wir uns noch nie zuvor begegnet waren.

Es war unser erstes echtes Treffen, das viel weiter ging, als ich erwartet hatte, und ich wusste, dass ich in sie verliebt war und dass sie mich mit ihr machen lassen würde, was ich wollte.

Gott, ich war geil , aber ich saß da und versuchte, seinem Befehl zu gehorchen, nicht ohne seine Erlaubnis mit mir zu spielen.

Normalerweise spielte meine rechte Hand nach dem Morgen, den ich gerade verbracht hatte, mit allem, aber das würde jetzt nicht passieren.

Dort war es schließlich fünf Uhr nachmittags und ich öffnete die Kordel oben am schwarzen Samtbeutel, den die Dame mir gegeben hatte.

Mein Herzschlag schien sich zu verdoppeln in Erwartung dessen, was ich finden musste, und ich schloss meine Augen, als ich in die Tasche griff.

Ich spürte die Kälte von Metall und die Wärme von Leder und Gummi, als meine Hand alles in der Tasche packte und es auf das Bett warf.

Auf dem Bett lag alles, was ich in dieser Nacht tragen sollte, nämlich ein Halsband, ein kleines Geschirr und eine Tube Gleitgel mit Analplug.

Gott sei Dank war es klein, dachte ich, als ich es sah.

Sofort begann ich mich anzuziehen, indem ich zunächst die Halskette nahm und überlegte, wie sie meiner Meinung nach getragen werden sollte.

Es ähnelte dem, das ich früher am Tag hatte, außer dass es nur fünf Zentimeter groß war und drei D-Ringe angebracht hatte: einen vorne und einen an jeder Seite.

Daran war ein offenes Vorhängeschloss angebracht, und da ich wusste, wie es funktionierte, legte ich es sofort an und schnallte es so fest zu, wie ich konnte, ohne mich zu erwürgen. Anschließend band und schloss ich das Vorhängeschloss, während ich in den Spiegel schaute, damit ich keine Fehler machte .

Dann habe ich mir den Gurt in verschiedenen Positionen angeschaut und es schließlich herausgefunden.

Ich würde sowohl den Buttplug als auch meine Entbehrungen an Ort und Stelle behalten, da dieser verdammte kleine Penisring wieder da war.

Ich stand vor dem vollen Spiegel in meinem Zimmer und bemerkte, dass mein Schwanz doppelt so groß war, da ich alle meine Schamhaare rasiert hatte, auch wenn er schlaff da hing.

Ich zauberte ein Lächeln auf mein Gesicht und hoffte, dass meine Herrin sich auch freuen würde, wenn sie mich wiedersah.

Das Geschirr ähnelte dem Körpergeschirr, das er früher am Tag getragen hatte.

Es sollte auf Hüfthöhe getragen werden und hatte auf jeder Seite zwei umklappbare Riemen, die vorne und hinten mit einem Metallring verbunden waren.

Ich befestigte diese Riemen sicher und ging dann zum harten Teil über, indem ich zuerst meine Eier und dann meinen Schwanz durch diesen verdammten Ring schob, von dem ich wusste, dass Lucy ihn zu klein platziert hatte.

Als ich sie durch den Ring gesteckt hatte, schaute ich noch einmal in den Spiegel und dachte, wie gut das aussah.

Es sollte der Hit der Party sein.

Meine Knie begannen ein wenig zu zittern, als ich darüber nachdachte, was ich als nächstes tun musste, da es das erste Mal war, dass ich einen Analplug benutzte.

Ich nahm das Gleitmittel und trug so viel auf das Ende auf, dass ich es sofort in mein Arschloch und seine erste Öffnung einmassieren konnte.

Dann habe ich so viel Gleitgel wie möglich auf den Plug aufgetragen, meine Beine gespreizt, mich ein wenig hingesetzt und es langsam auf meinen Hintern aufgetragen.

Der Plug hatte eine flache Basis, die verhinderte, dass er mich vollständig aussaugte, und überschüssiges Gleitmittel sickerte um ihn herum heraus.

Es ging leichter rein, als ich gedacht hatte, und ich nahm ein Taschentuch und wischte das überschüssige Gleitmittel ab, bevor ich den Gurt vom Penisring zwischen meinen Beinen entfernte und ihn am hinteren Ring festschnallte.

Das Geschirr hatte eine Tasche für den Buttplug, aber da ich es zu spät bemerkt hatte, ließ ich es einfach um den Buttplug gewickelt und hoffte, dass es ihn fest in meinem Hintern halten würde.

Ich schaute auf die Uhr und erkannte, dass es Zeit war zu gehen, und da wurde mir klar, dass ich fast nackt fahren würde, und ich sagte mir, ich solle keine Verkehrsregeln brechen, sonst müsste ich mich erklären.

Ich hoffte, dass niemand an mir vorbeikam oder neben mir stehen blieb.

Meine Garage hatte einen direkten Zugang von meinem Haus aus und mit dem automatischen Garagentoröffner hatte ich das Gefühl, dass meine Nachbarn nichts Ungewöhnliches bemerken würden.

Gott sei Dank gibt es getönte Scheiben.

Ich legte ein Handtuch auf den Fahrersitz und mein Portemonnaie und Führerschein lagen bereits im Handschuhfach, als ich in Gedanken die Checkliste durchging.

Ich wünschte, es wäre Winter gewesen und alles wäre dunkel, aber es war ein heißer Sommertag und es würde erst in drei Stunden dunkel werden.

Dann verließ ich das Haus, nachdem ich sichergestellt hatte, dass die Garage geschlossen war.

Was zum Teufel mache ich? Seit unserem ersten Treffen sind erst Stunden vergangen, dachte ich, während ich langsam auf sein Haus zufuhr, den Verkehr beobachtete und spürte, wie er sich in mir fühlte.

Ich überprüfte ständig den Rückspiegel auf die Polizei und alle anderen, die mir folgten.

Es war keine Polizei in Sicht, aber in einiger Entfernung schien mir ein kleiner schwarzer Sportwagen zu folgen, aber da war ich mir nicht ganz sicher.

Oh, ich habe es geschafft!

Ich schrie niemanden an, aber fast, als ich in die Einfahrt einbog und zur Garage fuhr.

Als ich in die Garage einfuhr, wurde mir klar, dass ich fast fünf Minuten zu früh dran war, und da ich nicht wusste, was ich tun sollte, hielt ich einfach an der Stelle an, an der ich sein sollte, und stellte den Motor ab.

Ich saß da und dachte nach und überzeugte mich davon, dass alles in Ordnung war.

Ich nahm meine Uhr ab und legte sie auf den Sitz neben mir.

Das Garagentor schloss sich hinter mir und mein Herz begann schneller zu schlagen, während mein Schwanz härter wurde.

Dann saß ich in der Wärme meiner Hände auf meinen Schenkeln und wartete eine gefühlte Ewigkeit.

Ich hörte, wie sich die Haustür öffnete, und als ich auf die Uhr auf dem Sitz blickte, sah ich, dass es fünf Minuten nach der vollen Stunde war.

Es muss Aufregung gewesen sein, denn als ich mich umdrehte, sah ich eine Frau durch die Tür kommen und auf mich zukommen.

Sie hatte die Größe einer Amazone, aber sie war nicht dick, sie war nur groß, etwa so groß wie ich, fand ich, sehr attraktiv, ihr braunes Haar war auf ihrem Kopf zu einem Haufen zusammengebunden wie ein falsch platzierter, flauschiger Pferdeschwanz.

Und die Hure hatte die größten Titten, die ich je gesehen hatte.

Warte mal, dachte ich.

Ich habe sie schon einmal gesehen.

Sie arbeitet im Spirituosenladen.

Ich beobachtete, wie sie sich der Tür näherte und öffnete sie reflexartig, um sie zu begrüßen.

„Nimm deine verdammte Hand aus der Tür und schau geradeaus. Du bist ein Sklave! Setz dich und gehorche." Sie bestellte.

Ich nahm sofort meine Hand von der Tür und saß da und versuchte zu überdenken, was gerade passiert war.

Sie muss eine Herrin sein.

Man muss ihr gehorchen, dachte ich.

Die Tür öffnete sich vollständig und ich schaute nach links, ohne meinen Kopf zu bewegen, und stellte fest, dass ich ein wunderschönes Paar Oberschenkel erblickte.

Ihre unrasierte Muschi war mit einem roten Tuch bedeckt, das ein Viertel der Größe eines Kosmetiktuchs hatte und an einem dünnen goldenen Seil an ihren Hüften hing.

Sie trug ein Lederhalsband um den Hals, das weniger als einen Zoll hoch war und auf dem in goldenen Buchstaben „Sklave" stand.

„Gefällt dir, was du in dem Arsch siehst? Ich habe dir gesagt, du sollst geradeaus schauen."

„Ja, Ma'am. Es tut mir leid, Ma'am." Ich antwortete.

Schlagen ...

Sie fesselte mich mit ihrer rechten Hand an die Seite meines Kopfes.

„Ich bin keine Geliebte, aber du musst mir gehorchen, bis ich meine Pflichten erfülle. Du kannst mich als Cindy oder Sklavin Cindy bezeichnen. Verstehst du?" Sie fragte.

„Ja, Sklavin Cindy. Ich verstehe dich, Schlampe!"

„Oh, der Sklave ist verrückt geworden", kicherte er und fügte hinzu: „Du wirst nicht so schnell lachen, Junge. Hast du schon auf einer Party gedient?"

„Nein, das ist mein erster Tag mit Lucy." ich antwortete

Schlag...diesmal landete seine Hand auf meinem Mund.

„Das war nichts im Vergleich zu dem, was noch kommt. Du wirst nur Mrs. Lucy genannt, es sei denn, du bist in der Öffentlichkeit. Verstehst du?"

„Ja, Sklavin Cindy." Ich antwortete und nickte zum Zeichen.

Dann packte er den D-Ring an der linken Seite meines Halses und zeigte seine Stärke, indem er mich schnell und grob aus meinem Auto zog und den Ring auf Hüfthöhe hielt, während er die Tür schloss.

Ich hatte den Plug in meinem Hintern vergessen, der ein wenig zu schmerzen begann, und ich stieß ein Stöhnen aus, um es anzuzeigen, was Cindy nur dazu brachte, den Hals zu schütteln, um mir zu sagen, ich solle aufhören.

Als ich mich an ihr rieb, spürte ich ihre Weichheit, roch ihren Duft und dachte einen Moment lang darüber nach, auf sie zu springen, aber ein Ziehen an meinem Hals ließ diese Gedanken aus meinem Kopf verschwinden.

Hinten in der Garage befand sich eine Tür, die er öffnete und mich hindurchführte.

Wir gingen in etwas, das wie ein Hauswirtschaftsraum aussah, auf dessen einer Seite Rasenmäher und ähnliches standen und auf der anderen ein Heim-Fitnessstudio.

Es gab ein Fenster, das auf einen sehr großen, schönen und privaten Garten blickte, der sich, wie ich bald entdecken würde, über die gesamte Rückseite des Hauses und des Grundstücks erstreckte.

Es war äußerst privat und die Terrasse, die etwa zehn Meter über dem Ufer lag, blickte auf den See.

Es würde keinen Nachbarn in der Ferne geben, der etwas hören könnte.

„Beugen Sie sich und legen Sie Ihre Hände auf die Bank", befahl er und befahl dann noch einmal: „Spreizen Sie Ihre Beine einen Meter auseinander."

Als Erinnerung daran, sich nicht zu bewegen, war am Halsband eine kurze Bankkette mit Sicherheitshaken befestigt.

Dann bewegte Cindy meine Beine weiter auseinander und öffnete die Rückseite des Geschirrs, um Zugang zum Buttplug zu erhalten.

„Ich habe dich im Spirituosenladen im Einkaufszentrum gesehen", sagte ich ihm.

Schlag... Schlag... Schlag.

Cindy legte ihre Hand fest auf meinen Arsch.

„Arschloch, unser Privatleben ist unser Privatleben und sollte niemals in einem deiner Treffen mit einem Liebhaber oder in einem Treffen der Pleasure of Pain-Gruppe besprochen werden. Verstehst du das, Peter?"

„Ja, Cindy, ich verstehe. Ist das heute Abend die Gruppe Pleasure of Pain?"

„So nennt man es ‚Pleasure of Pain', und man sollte es niemals zur Kenntnis nehmen oder in seinem Privatleben erwähnen."

Plötzlich... „Agggggggggg", stöhnte ich, als er ohne Vorwarnung den Analplug herauszog.

„Ihr Neulinge macht es nie richtig", sagte er, während er mir die Mütze vors Gesicht hielt. „Es soll zuerst in den Harnischbeutel und dann in ihren Anus gelangen. So."

„Agggggggg"...verdammt...sie hat ihn absichtlich gerammt, dachte ich.

Nachdem sie das Geschirr wieder so grob wie möglich befestigt hatte, löste Sklavin Cindy die Kette von meinem Halsband und hob mich hoch.

Als er auf seine Uhr schaute, sagte er:

„Wegen deiner Dummheit läuft uns die Zeit davon. Schnapp dir zwei 20-Pfund-Hanteln und mache Liegestütze, bis ich dir sage, dass du aufhören sollst."

„Äh", antwortete ich, da ich das überhaupt nicht verstand.

„Du dummer Arsch, soll ich alles für dich tun?"

Dann ging er zu einem Gestell, das sich unter dem Fenster befand, holte zwei 20-Pfund-Gewichte heraus, als wären sie Federn, und machte ein paar Liegestütze für mich.

Ich spürte, wie mein Gesicht wegen der Dummheit meiner Kommentare rot wurde.

Nachdem er mir die Gewichte gegeben hatte, begann ich sofort mit den angeordneten Liegestützen, fragte mich aber, warum ich das tat.

„Warum zum Teufel hebe ich Gewichte? Ich dachte, ich wäre wegen einer Party hier?" Sagte ich zu Cindy, als sie von meinem Platz wegging.

Was für einen schönen Arsch sie hat.

Sie ist vielleicht ein bisschen pummelig, aber ich wette, sie ist fantastisch pummelig, dachte ich.

Er blieb stehen, drehte sich zu mir um und sagte:

„Bist du dumm oder was? Deine Herrin möchte heute Abend ihre neue Sklavin vorstellen und erwartet von ihr, dass sie einen perfekt trainierten Körper hat. Du solltest heute Abend besser eine gute Show abliefern, Peter, sonst bekommst du keine Vollmitgliedschaft in der Gruppe." ". Verstanden? Und hör auf, mich anzusehen! Ich bin auch der Sklave von Herrin Lucy."

Verdammt, wieder eine unterwürfige Schlampe, dachte ich.

Während ich weiter an meinem Körper arbeitete und versuchte, meine Bauch- und Brustmuskeln wieder zum Leben zu erwecken, holte Cindy eine große blaue Plane aus einem Schrank und legte sie mitten im Raum auf den Boden, direkt vor einer Garage Tür. zum Hinterhof.

Er beschäftigte sich damit, zwei Flaschen vor die Plane zu stellen, dann eine Tonne Seil auf beiden Seiten und dann hob er von der anderen Seite des Raumes etwas, das wie ein großes Stück Holz aussah, vom Boden und legte es auf den Boden .

Die Rückseite der Leinwand.

Ich merkte, dass es nicht leicht war, da ich anfangs ein wenig damit zu kämpfen schien, aber er bewies, wie stark er war, indem er es leicht aufhob, sobald er die Kontrolle hatte.

Gott, er täuscht mich, dachte ich.

Eine absolut willige, schöne Frau mit unglaublicher Stärke.

Ich fing an, mein Training zu verlangsamen, sowohl weil ich nicht trainiert hatte, als auch weil ich mich auf das Holz konzentrierte , das Cindy auf die Matte gelegt hatte.

Es war nicht rau, aber es sah aus, als wäre es geschliffen und mit einem Lack versehen worden.

Ein großer Bolzen in der Mitte einer Oberfläche war das Einzige, was die Glätte des Stücks störte, das aussah, als wäre es zehn mal zehn Zentimeter groß und etwa zwei Meter lang.

Nachdem Cindy alles an seinem Platz hatte, ging sie zu mir und sah zu, wie ich mit den Gewichten kämpfte, die bereits etwa zehnmal mehr zu wiegen schienen als zu Beginn des Trainings.

Sie lachte und strich mir sanft mit der Hand über Brust und Bauch.

„Mmmm...alles klar, Junge. Bist du bereit aufzuhören?"

„Oh bitte, ja, ich kann das nicht länger machen. Meine Arme fühlen sich an, als würden sie gleich abfallen, und mein Bizeps brennt", antwortete ich.

„Ha ha ha... Ok, hör auf! Lege die Gewichte ab und stelle dich in die Mitte der Matte, mit dem Gesicht zur Tür. JETZT!"

Ich legte die Gewichte vorsichtig ab und sprang in die Mitte der Matte.

Als ich dort stand, konnte ich die Gärten sehen, da die Tür zwei kleine Fenster hatte.

Verdammt, ich kann sogar Maine auf der anderen Seite des Sees sehen.

Draußen sah es nach einem heißen, schönen Tag aus, aber dieser Raum war klimatisiert und hielt uns davon ab, zu schwitzen.

„Spreize deine Arme, Schlampe, und spreize deine Beine! Halte diese Position und bewege dich nicht!"

„Muss du mich beleidigen, Cindy? Könntest du mich nicht einfach Peter nennen?"

„Ich bereite dich mental nur darauf vor, der Partyboy zu sein, und ich schätze es wirklich nicht, wenn jemand versucht, meine Herrin zu stehlen", antwortete sie und griff nach einer der Flaschen.

Oh, sie ist eifersüchtig!

Er trat hinter mich und begann, den Inhalt der Flasche auf meinem Rücken zu reiben.

Gott, es riecht nach Piña Colada, sagte ich mir, während diese weichen Hände weiter meinen Rücken rieben.

Dann fanden sie mein Gesäß und sie zwickte sie kichernd.

Dann senkte sie meine Beine weiter ganz nach unten.

„Falls du dich fragst, Sklave, unsere Herrin dachte, du würdest einen tollen Eindruck auf die anderen machen, wenn du ganz eingeölt wärst, und das ist es, was ich jetzt anziehe, und es ist ein schöner Vorgeschmack auf den Sommer, nicht wahr? Denkst du? Mmm... deine Haut ist schön, weich und glatt. Das wird ihnen gefallen... mmmmm"

Dann bedeckte er meine ausgestreckten Arme vollständig bis zu den Fingerspitzen mit Öl.

Nachdem ich es an den Seiten meiner Brust gerieben hatte, wurde die Flasche geleert und sie nahm die zweite.

Diesmal rieb sie sanft über meine frisch gestrafften Brustmuskeln und ich konnte den Ausdruck in ihren Augen sehen und wusste, dass sie mich wollte.

Sie sprang auf meinen Schwanz und meine Eier, beendete meine Beine, kniete sich dann hin und packte meinen Schwanz fest und drückte ihn, bis ich stöhnte.

Dann sah ich ihre Lippen auf meinem Glied, als sie leicht an der Spitze saugte.

Es war einfach die normale Bewegung eines geilen Mannes, als ich eine Hand auf ihren Hinterkopf legte, mein Schwanz hart wurde und ich ihn ihr in den Mund steckte.

Ihre Reaktion war schnell, als sie mein Glied biss und mit der rechten Hand auf meine Eier schlug.

Ich erinnere mich nur daran, so laut ich konnte geschrien zu haben: Oh Scheiße! ein paar Mal und höre dann das Telefon klingeln.

Während ich auf meinen privaten Händen hockte , ging Cindy ans Telefon.

„Ja, Ma'am, es tut mir leid, Ma'am. Er hat versucht, mir Oralsex zu geben, während ich ihn eingeölt habe. Ja, Ma'am, ich sage ja, das werden wir. Ja, Ma'am ." hörte ich ihn am Telefon sagen.

„Nun, Peter, die Damen sind mit all dem Lärm, den du gemacht hast, nicht zufrieden und als Ergebnis bekommst du fünfundsiebzig Peitschenhiebe statt der sechzig, die du am Tag zuvor verdient hättest. Und das Beste ist, dass ich fünfzehn davon geben werde." die für deinen Auftritt von jetzt an, also schrei noch einmal, wenn du willst. Wenn wir diesen Raum für die Party verlassen, will Herrin, dass dein verdammter Schwanz so hart wie eine verdammte Stahlstange ist, und sie möchte, dass du kämpfst, wenn wir näher kommen. Verstehst du, Sklave?

„Ja, ich verstehe", platzte ich heraus, als ich auf meinen schmerzenden Schwanz und meine Eier schaute.

Aufleuchten.

Aufstehen.

Abhärten.

Ich habe versucht, es aufzurichten, aber ich hatte keinen großen Erfolg.

Cindy kniete vor mir nieder und strich mit ihren weichen, öligen Händen sanft über meinen Schwanz und meine Eier, was mir wie ein oder zwei Minuten vorkam.

Allein der Anblick, wie sie mich überall einfettete und wie sie mein Glied streichelte, brachte wieder Leben ins Leben.

Sie schien darüber erleichtert zu sein, als sie damit fertig war, meinen Körper einzuölen und die Flasche abzustellen.

„Geh auf die Knie, Junge! Schnell, wir sind fast zu spät!"

Während ich das tat, ging sie hinter mich und fing an, an diesem Stück Holz an verschiedenen Stellen Seilstücke zu befestigen, so dass an beiden Enden jedes Seils an jeder Stelle etwa ein Fuß Seil hingen, von denen ich acht zählte Ich schaute über meine Schulter, um zu sehen, was los war.

Dann hob er das Holz an, grunzte über das Gewicht und hob es auf die Höhe meiner Schulter.

Es war ein Joch! Er sollte wie ein Stück Fleisch behandelt werden.

„Neige deinen Kopf ein wenig, Sklave, und strecke deine Arme zu mir aus. Das mag schwer erscheinen, also sei vorbereitet."

Ich tat es und empfand das Gewicht sofort als so unbequem und so instabil, dass das Teil umkippte und mit dem linken Ende auf dem Boden liegen blieb.

„Oh, um Gottes willen, Peter! Bist du schwach oder was? Du bist ein verdammter Idiot, nicht wahr?"

Er band das Seil schnell um meine Arme, beginnend mit dem Seil auf meiner rechten Seite, das meinem Oberkörper am nächsten war, bis alle vier fest um meinen Arm geschlungen waren.

Ich versuchte, meinen Arm zu drehen, um ihn zu befreien, aber ich konnte mich nur mit meiner Hand bewegen.

„Jetzt sei vorsichtig, wenn du deinen Kopf zurücklegst, Junge, denn direkt hinter deinem Kopf ist ein Bolzen im Holz. Spreize jetzt deine Knie, damit ich das ausbalancieren kann!"

Als ich gehorchte, ging er zur linken Seite, hielt das Holz und den Arm darunter, zog es heraus und balancierte es auf meinen Schultern.

Dann band er das Seil, das meine Arme festhielt, in vier verschiedenen ähnlichen Abschnitten auf der rechten Seite fest.

Oh Scheiße, das tut weh, dachte ich, als ich das volle Gewicht davon spürte, ebenso wie den Buttplug, der wieder zum Leben erwacht war und mir offenbar das Innere herausriss.

Ich stöhnte und stöhnte ein wenig, was die Amazone zu erfreuen schien.

„Okay, mal sehen, ob ich dir helfen kann, alleine aufzustehen, anstatt den Lift zu benutzen." Sagte er, als er anfing, mich aufzusetzen, und dann folgte ich seinem Beispiel, indem ich meine Knie neu ordnete und dann aufstand.

Ich ignorierte den Schmerz sowohl in mir als auch in mir und stand auf.

Haha , wer ist jetzt der Schwache, Schlampe?

Cindy hob die Ölflasche wieder auf und drückte sich dann an mich, sodass ich ihre riesigen Titten an meinem Körper spüren konnte und bald suchte mein Schwanz nach irgendeinem Teil von ihr.

„Wirst du mich später nach Hause bringen, Peter? Du musst mich mitnehmen und ich werde dafür sorgen, dass es sich lohnt."

Meinte sie das so oder spielt sie mit mir?

Das spielte keine Rolle, denn es hatte den gewünschten Effekt, mich so hart und erigiert zu machen, dass ich wusste, dass es die härteste Erektion war, die ich den ganzen Tag über hatte.

Dann berührte er leicht meinen gesamten Körper, um sicherzustellen, dass alles an seinem Platz war.

Nachdem sie auf meinen Schwanz gespritzt hatte, stöhnte Cindy über das, was sie sah.

Dann stellte er die Flasche ab und machte sich auf die Suche nach dem Seil.

Er hatte zwei Schlaufen aus aufgerolltem Seil, die er auf beiden Seiten von mir platzierte.

Es war nicht wie das dicke Nylonseil, das meine Arme festhielt, sondern kleiner wie ein Wäscheleinenseil.

Zweimal befestigte er mit all seiner Kraft ein Ende jedes aufgerollten Seils an einem meiner Daumen und zog die Knoten fester an, bis ich jedes Mal stöhnte, wenn er es tat.

Er wickelte jedes Seilstück ab und hielt es wie Zügel.

„Wenn sie uns jetzt zur Party rufen, ziehe ich dich zu sich und ich möchte, dass du für die Damen kämpfst, aber nicht so hart, dass du fällst. Wir möchten, dass du kämpfst, damit alle aufgeregt sind. Verstehst du? Peter? Oh, Scheiße, fast hätte ich es vergessen.

„Ja, Cindy, ich verstehe. Ich bin das wilde Tier an der Leine." Ich antwortete, während ich ihr zusah, wie sie zu einem Schrank rannte, aus dem sie ein Stück Kette und, verdammt noch mal, Stahlfesseln herausholte.

Sie zog ein Gummiband, das den Armbandschlüssel hielt, über ihr rechtes Handgelenk und rannte auf mich zu.

„Schnell, Peter, reiß dich zusammen!" Sie bestellte und ich wusste, dass die Show gleich beginnen würde.

Er ging in die Hocke, legte seine Handschellen um jeden Knöchel und fixierte sie.

Das Klicken jedes Schlosses schien so laut wie ein Schrei.

Als sie sich vor mir hinkniete, steckte sie meinen Schwanz in ihren Mund und saugte ein paar Sekunden lang hart, von denen ich mir wünschte, sie würden ewig anhalten.

„Das sollte dich noch mehr aufmuntern", sagte sie und berührte meinen Körper mit dem Öl, das sie in ihren Mund nahm.

Gerade als er aufstand, öffnete sich das Garagentor und ein Schwall heißer Luft traf unsere Körper.

Cindy rückte das Stück roten Stoffs, das ihre Muschi zu bedecken versuchte, ohne großen Erfolg zurecht und stellte sicher, dass ihre Halskette richtig ausgerichtet war.

„Bereit, Peter?"

„Lass es uns machen, du verdammte Schlampe!" Ich antwortete.

Er warf mir einen bösen Blick zu, dann nahm er die beiden Seile, die an meinen Daumen befestigt waren, zog sie fest und zerrte mich mühsam hinaus in die Nachmittagssonne.

# KAPITEL IV

„Verdammt... Hör auf, so verdammt schnell zu ziehen", flüsterte ich Cindy zu.

Dann lockerten sich meine Jochzügel und ich bemerkte, dass Cindy angehalten hatte, als sie sich nach links in Richtung Fiesta drehte und die drei sich nähernden Männer betrachtete, von denen jeder eine Spule aus Seilen oder Lederriemen trug.

Sie waren nackt, bis auf einen kleinen ledernen Lendenschurz, der ihre Geschlechtsteile bedeckte.

Alle drei hatten ungefähr meine Größe und mein Alter und jeder trug auch eine Halskette, die mit der identisch war, die ich trug.

„Wir holen ihn hier raus, Sklavin Cindy. Du musst dich sofort bei Sklavin Ken melden", sagte einer von ihnen.

„Nein, dafür ist er noch nicht bereit. Peter, ich wusste es nicht! Lauf! Verschwinde von hier! Jetzt!" Cindy hat mich angefleht.

Ich wollte mich umdrehen, um zu gehen, aber zwei der männlichen Sklaven hatten mich bereits eingeholt und packten das Seil, das an meinen Daumen befestigt war.

Allerdings hätte ich mit der Kette an meinen Füßen sowieso keine fünf Schritte geschafft.

In der Ferne bemerkte ich eine Gruppe von Frauen, die aufmerksam die Situation beobachteten, in der ich mich befand, und an der Spitze der Gruppe stand Herrin Lucy.

Dann wurde mir klar, dass Cindy mit gesenktem Kopf ging, nein, sie rannte davon, und ich glaube, sie weinte.

Worauf habe ich mich da eingelassen?

Was für ein Idiot ich bin.

Dann brachten mich meine Situation und diejenigen, die mich hatten, zurück in die Realität.

„Grüße, Sklave Peter, ich bin Sklave James und diese beiden Herren sind die Sklaven Bob und Frank. Bitte mach uns kein Problem, Peter, dann wird es für dich kein Problem geben."

„Warum verpisst du dich nicht? Lass mich in Ruhe! Nichts davon wurde mit Mrs. Lucy besprochen, also bin ich hier raus", schrie ich denjenigen namens James an.

„Haltet ihn fest", sagte James zu den anderen, ohne mich auch nur anzusehen.

Dann packte sie den Schaft meines Penis, der alles andere als erigiert war, zog kräftig daran und ließ einen Knoten aus einem kleinen Seil durchziehen, der sich direkt hinter dem Kopf festzog.

Dann zog er das Seil so fest, dass ich einen langen, lauten Schrei ausstieß.

„Das tut dir weh, Bastard, zieh es aus, zieh es aus!" Ich schrie und kämpfte mit aller Kraft.

Als ich das tat, schaute ich über den Rasen und bemerkte die Frauen, die zusahen, wie sie ein Glas Wein tranken.

Es schien, dass andere nackte Sklaven dort waren, wahrscheinlich als Diener, und auch sie beobachteten alles.

„Soweit Sie wissen, war es Frau Lucy, die diese Situation angeordnet hat. Sie sollten stolz sein, da dies nicht am ersten Tag passiert ist und wenn Sie sie übertreffen, wird sie mit allen Rechten Mitglied der Gruppenelite. Jetzt Sie wird unterhalten und ihr werdet anderen gefallen, indem ihr kämpft. Betrachtet uns einfach als eure Brudersklaven, die hier sind, um euch heute Abend einfach zu helfen, ha ha. Und es tut uns wirklich leid, was passieren wird. Ok, Leute, entfernt das Seil von euch Daumen und lege die Riemen an das Halsband. Ich muss den Neuling nehmen und wenn er nicht das Ende seines Schwanzes verlieren will, wird er sich benehmen."

Oh Gott, was habe ich getan?

Was wirst du mit mir machen?

Ich schaute jeden meiner Entführer an und hoffte, dass sie sich dadurch beschissen fühlen würden, aber ich machte sie nur wütend und sie zogen an den Riemen, die jeder von ihnen an mir trug.

Die drei sahen sich an, nickten und drehten sich zu den Damen um, ließen sich mit gesenktem Kopf auf ein Knie fallen und hielten jeweils ihre Leine mit der rechten Hand in die Luft.

Ich sah meine drei Entführer an und fragte mich, was zum Teufel los war.

James war vor mir und hielt den Kragenriemen und Bob war zu meiner Linken und Frank zu meiner Rechten, jeder hielt den Kragenriemen.

Ungefähr 30 Meter in gerader Linie hatten die Damen unter einer großen Markise, um sie vor der heißen Sonne zu schützen, eine Reihe Stühle aufgestellt, von denen zwei vorne Mrs. Lucy und eine weitere afroamerikanische Frau besetzten.

Alle Damen trugen ein ähnliches einfaches kleines Schwarzes mit goldenen Accessoires und schwarzen Stiefeln.

Die Frau neben Lucy stand auf, drehte sich um, zeigte auf eine kniende Sklavin und bedeutete ihr, näher zu kommen.

Eine große, gut gebräunte und geölte Sklavin mit langen, glatten schwarzen Haaren stand auf und stand mit gesenktem Kopf vor Herrin Lucy und der schwarzen Dame.

Jede der beiden Damen gab ihm einen Gegenstand, den er in jeder Hand hielt, dann drehte er sich um und ging auf uns zu.

Oh Gott, sie ist auch wunderschön, dachte ich, und als ich sie mit Cindy verglich, fiel mir auf, dass sie genauso groß war, aber in einem viel besseren Zustand, was durch ihre gebräunte, geölte Haut noch betont wurde.

Dann erkannte ich sie.

Sie war Rechtsberaterin des örtlichen Indianerstamms der First Nation und war selbst amerikanische Ureinwohnerin.

Als ich mich umschaute, wurde mir klar, dass nur diese Frau, ein paar kniende Sklaven und ich eingefettet waren.

Keiner meiner Entführer war es.

„Oh Scheiße, verdammt, Kumpel. Es ist Angela. Sie wird dir die Eier abschneiden, wenn du ihr das Leben schwer machst", sagte Bob.

„Es tut mir leid, Peter, aber es ist besser, dass du es bist als wir", sagte James, und auch Frank stimmte zu.

Ich sah die Frau, die auf uns zukam, mit einem selbstbewussten Ausdruck und einem Lächeln im Gesicht an.

Außerdem trug sie ein Stück roten Stoff, der versuchte, ihren Schritt zu verbergen, aber nichts bedeckte, und eine goldene Kette, die es um ihre Hüften hielt, und sonst nichts, keine Schuhe oder Ohrringe, und sie trug auch viel Make-up Cindy.

Mir fiel auf, dass er in seiner rechten Hand eine braune Peitsche hielt und in seiner linken Hand etwas, das ich nicht sehen konnte.

Als sie sich näherte, begann ich zurückzuweichen und kämpfte dann mit den befestigten Gurten, was dazu führte, dass meine drei Fänger aufstanden und mich festhielten, indem sie mich zurückzogen.

„Lasst die verdammten Seile los, ihr Bastarde. Lasst mich gehen! Lasst mich hier raus! Um Himmels willen, Leute, ihr lasst mich jetzt raus."

Ich schrie das so laut ich konnte und bemerkte, dass Angela jetzt auf uns zulief, ihre schwarzen Haare hinter ihr tanzend, und uns fast schon einholte.

Die heiße Sonne schien seine geölte Haut zu blenden, worüber ich nachdenken sollte, anstatt einen Ausweg aus meiner misslichen Lage zu finden.

„Mach dein großes Maul auf, Junge", sagte sie mit tiefer, kräftiger Stimme und ergriff meinen linken Arm. „Wir wollen doch nicht, dass die Nachbarn es hören, oder?"

„Fick dich schwarze Hure, ich will jetzt hier raus!"

Mir wurde sofort klar, dass ich nichts hätte sagen sollen, vor allem wegen der abfälligen Bezeichnungen über ihre afrikanische Herkunft, aber sie lächelte nur über meine Kommentare.

„Mach weiter so und du bist tot, du verdammtes Fleisch", flüsterte er mir ins linke Ohr. „Jetzt mach deinen verdammten Mund auf, Junge", schrie er und nickte James zu.

Der Schmerz, den ein heftiger Zug am Schwanzriemen mit sich brachte, sowie die Tatsache, dass Angela meinen Kopf an den Haaren nach hinten zog, so dass mein Kopf gegen den Bolzen im Holz prallte, ließen mich mit offenem Mund schreien.

Dann steckte sie mir ein großes Stück geflochtenes Leder in den Mund, das sie sofort hinter meinem Kopf zu einem möglichst groben Knoten zusammenfaltete.

„Wie geht es dieser Hure?" sie bellte.

So gut ich konnte antwortete ich durch den Gag und sagte:

„Fick dich, du ekelhafte Schlampe! Nimm das Ding von mir! Ich will hier raus", und obwohl meine Antwort wie ... Hmpfhh ... hmpfhh ... hmpfhh klang, war ihr die Bedeutung klar . als seine offene Hand sich zur Faust ballte, als er versuchte, die Situation unter Kontrolle zu bringen.

„James, gib mir den Gürtelriemen und dann nimm deine beiden kleinen Freunde und ihre Riemen und verpiss dich hier, Herrin Lucy und Herrin Samantha haben ihre Meinung über Unterhaltung geändert. Um fair zu Peter zu sein, wurde das nie mit ihm besprochen." Angela befahl.

„Aber ich...", stotterte er und überlegte es sich anders.

Er nickte seinen beiden Assistenten zu und beide begannen, auf den Rest der Gruppe zuzugehen.

Angela wandte sich an die Damengruppe und hob mit offener Hand ihren linken Arm, um 5 Minuten anzuzeigen.

Dann drehte er sich zu mir um und packte den D-Ring vorne an meinem Hals, zog daran und zog mich zurück in den

Hauswirtschaftsraum, den ich vor ein paar Minuten mit Cindy verlassen hatte.

Sie legte mich wieder auf die Matte und ging zu einem Schrank, um eine weitere Flasche Körperöl zu holen, die sie zurückbrachte und sich vor mich stellte.

„Nun, Peter, wir haben nur noch ein paar Minuten, also lass mich dich einholen. Deine Herrin hat sozusagen den Einsatz erhöht und dir als ihr Ticket angeboten, um schnell in den Elite-Status im Vergnügen des Schmerzes aufzusteigen . Hast du gehört? davon? Nun, wen interessiert schon, was du denkst? Hast du zugestimmt, ihr Sklave zu sein, Peter? Hast du zugestimmt, als ihr Sklave an der Party teilzunehmen? Wenn das wahr ist, nicke bitte mit dem Kopf!"

Ich nickte ja.

„Nun, damit ist es geklärt. Ich hatte Angst, dass Ihre Angst real gewesen sein könnte, aber Sie haben einen Vertrag mit Lucy unterschrieben, und im Moment kann ich nichts dagegen tun. Aber Sie werden dafür zahlen." für deine Ausbrüche, und ich werde dich dazu bringen, deinen Vertrag mit deiner Herrin zu erfüllen. Weißt du, wer ich bin?

Ich nickte erneut, also löste sie das Seil von der Eichel meines Penis.

„So, ich brauche diesen Riemen nicht. Ich schätze, diese drei Schwächlinge dachten, das würde beeindrucken; es muss eine Männersache sein. Fühlt sich das besser an, Peter? Trägst du gerne das ganze Gewicht des Jochs auf deinen Schultern? Das war meine Idee, als sie mir von Ihren körperlichen Eigenschaften erzählten. Ich hoffe, es tut Ihnen sehr weh, denn die Kommentare, die Sie über mich gemacht haben, haben mich verletzt und werden an Sie zurückgegeben.

Er schien herumzuschweifen und mir Fragen zu stellen, erwartete aber nie eine Antwort, da er geknebelt war oder den Kopf schüttelte, also hielt ich es für das Beste, so zu bleiben und nichts zu tun.

Während sie sprach, öffnete sie das Geschirr, das sie trug, und zog langsam den Plug aus meinem Hintern, aber sie zeigte keine Bedenken, meine Eier und meinen Schwanz aus dem Ring zu entfernen, was mich zum Schreien brachte und auf den Knebel biss.

Als der Stecker raus war, warf sie alles auf die Matte.

Ihre sanften Hände strichen über meinen Arsch, meine Eier und sanft über meinen Schwanz, der mehr als locker war als der Riemen, der daran befestigt war.

„Fühlt sich das besser an, Peter?" Sie fragte.

Ich nickte angesichts des positiven Gefühls, als sich meine Muskeln entspannten, nachdem der Stöpsel entfernt wurde.

Sie lachte leise und sagte:

„Nun, das ist gut, also genieße es besser, solange du kannst, denn ich habe etwas etwas Unheimlicheres für die Show geplant. Und wo wir gerade dabei sind, wir fangen besser an oder wir machen beide weiter. Jetzt, Peter, nur um aufzuhören." „Soweit Sie wissen, besteht die Peitsche, die ich habe, aus Birkenholz, was viel Lärm verursacht, aber wenig Schaden anrichtet. Die Peitschen, die andere bei Ihnen verwenden, bestehen jedoch hauptsächlich aus geöltem Kalbsleder und verursachen erhebliche Schmerzen. Seien Sie also vorsichtig Aber die beiden Arten werden keine bleibenden Spuren auf Deinem Körper hinterlassen. Du wirst mir für den Rest der Nacht gehorchen, da es für Dich einfacher wird und Du den Vertrag, den Du mit Deiner Herrin geschlossen hast, nicht vergessen wirst. Das Erste, was ich tun werde Wir stellen Ihnen die Damen vor, von denen die meisten hohe öffentliche oder berufliche Positionen innehaben und ihre Identität und Teilnahme vorerst geheim halten möchten. An der Spitze dieser Show steht Lady Samantha, die neben Lady Lucy sitzt und muss zu 100 % befolgt werden. Bei ihr gibt es keinen Raum für Fehler, tun Sie einfach, was Peter sagt. Verstehst du Peter?"

Ich nickte erneut und beobachtete dabei, wie Angela ihren Körper mit dem Öl berührte, und sobald es auf ihrer gebräunten Haut war, schien es den Raum zu erhellen.

Mein schwaches Glied begann wieder zum Leben zu erwachen, als es die Freude widerspiegelte, die ich in meinen Augen an der schönen Frau vor mir sah.

Dann kam er auf mich zu und begann, meine Brust, meine Brustwarzen und meine Bauchmuskeln mit Öl einzureiben.

Dann packte sie mein Glied und begann, es zu streicheln, bis sie spürte, dass die Erektion noch eine Weile anhalten würde.

„Es ist eine Schande, dass ich dich nicht vor Lucy gefunden habe oder dass ich heute nicht diejenige bin, die eine Mitgliedschaft anstrebt, da alle Frauen, die Pleasure of Pain beitreten, als Sklavinnen einer Herrin eintreten müssen, bis sie einen männlichen Sklaven finden." und weiblich damit ich ihnen diene. Wärst du gern mein Sklave gewesen, Peter?

Da ich mir nicht sicher war , nach welcher Antwort er suchte, nickte ich und dann schlug seine rechte Hand dreimal heftiger auf meine linke Wange als die andere.

Dann stellte sie sich schnell hinter mich und zwang mich, der offenen Tür gegenüberzutreten.

„Verdammtes Schwein! Zeigst du deiner Herrin gegenüber keine Loyalität oder versuchst du mich nur zu besänftigen? Was für ein Idiot du bist, Peter! Jetzt sind wir bereit, weiterzumachen und du wirst meinen verbalen Befehlen folgen, ohne eine Leine benutzen zu müssen Versuchen Sie nicht, vorherzusagen, was passieren wird oder in welche Richtung es gehen soll. Wenn Sie nicht gehorchen oder keine gute Show abliefern, benutze ich den Griff meiner Peitsche, und ich glaube wirklich nicht, dass Sie das wollen Tu das, denn wenn ich es tue, wird es bleibende Spuren hinterlassen. Bereit, Junge! Mach weiter!"

Gerade als sie mich fragte, ob ich bereit sei , gab mir die Peitsche einen Schlag auf meinen Hintern, der das versprochene laute Geräusch machte, aber einen überraschend angenehmen Stich, der meinen Schwanz befriedigt haben muss, da er sich noch härter aufrichtete als zuvor.

Dann, als wir außerhalb des Gebäudes waren, trafen drei weitere Schläge heftig auf meinem Rücken, was schmerzte, sodass ich in meinen Knebel schrie und zurückwich, mich aber nicht umdrehte.

Diese Aktion brachte mir nur einen weiteren Schlag ins Gesäß und dann befahl er mir, nach links abzubiegen.

Nachdem ich das getan hatte, sagte sie mir, ich solle weglaufen, was unmöglich war, da ich angekettet war, aber Angela schien das nicht zu beachten und schlug mir weiter auf den Rücken, den Arsch und die Oberschenkel, während ich weiter kämpfte und in meinen Knebel schrie.

„Gehen Sie direkt auf Herrin Lucy zu", befahl er.

Ich schaute zwischen den Schlägen nach oben und schaute gleichzeitig auf den Boden, um nach Fehlern darin zu suchen, da ich nicht ausrutschen wollte, und als ich meine Herrin sah, ging ich auf sie zu.

Er sprach mit einer schwarzen Herrin neben ihm, von der ich annahm, dass sie Herrin Samantha war und die offenbar mit der Zustimmung von Lucys auserwähltem Sklaven, mir, einverstanden war.

Als ich näher kam, bemerkte ich rechts von mir eine Holzkonstruktion.

Ein Galgen?

Wow, Scheiße.

„Steh auf, Sklave", befahl Angela, als sie 5 Schritte von meiner Herrin Lucy entfernt war.

Dann trat sie an meine Seite und versetzte meinem immer noch erigierten Schwanz einen harten Schlag.

„Auf deinen Knien, wenn du vor deiner Herrin stehst!"

Ich fiel auf die Knie und bekam sofort drei weitere schwere Schläge auf den Rücken, die schmerzten, mir aber mehr Freude bereiteten als zuvor, aber ich konnte meinen erigierten Penis weder verstehen noch sehen.

Ich hörte einen Befehl, der, glaube ich, von Angela stammte, meinen Kopf zu senken, bis er den Boden berührte, und ihn dort zu belassen.

Während ich das tat, ließ mich das Gewicht des Holzstücks auf meinem Rücken schreien und bekam einen weiteren Schlag.

Dann verstummte alles für einen Zeitraum von etwa zehn Sekunden, der eine Ewigkeit zu dauern schien, und eine Stimme, von der ich aufgrund ihrer Nähe und autoritären Stimme annahm, dass sie Herrin Samantha war, begann zu sprechen.

„Meine Damen, willkommen zu diesem besonderen Treffen der Pain Pleasure Group. Wir sind hier, um Lucy offiziell als unser neues Elite-Mitglied anzuerkennen und gratulieren ihr zu ihrer Wahl der Sklavin, die ihr sicher sehr gefallen wird. Ihr seht alle großartig aus." , „Meine Damen, so eingeölt und bereit für unsere Peitschenhiebe? Lucy, es gibt eine offene Frage der Sklavendisziplin, die du jetzt, wie ich weiß, lösen wirst. Was hast du gewählt?"

„Danke, Herrin Samantha, für all deine freundlichen Worte. Ich werde allen zeigen, dass ich als wahrer Dominant und Profi ein Anführer aller Männer bin und sein werde, die uns alle unterlegen sind. Sklave Peter! Er hat sich für ihn entschieden." Die erste Strafe wird bei Ihrer ersten Teilnahme ausgesetzt. Sie werden jeder anwesenden Herrin und ihren Peitschen vorgestellt, beginnend mit Herrin Samantha und endend mit mir selbst, was insgesamt elf Unterrichtsstunden bedeutet. Anschließend folgt das Finale Nur werde ich „The Final Torment" nennen, da es etwas Neues ist, das Angela und ich geschaffen haben. Alle Sklaven, außer Sklavin Cindy, werden sofort in den Warteraum im Keller gehen, da sie die erste Strafe nicht sehen dürfen neuer Sklave Peter."

Als die Domina fertig war, hörte ich ein zufriedenes und applaudierendes Murmeln, das sich von den ersten Geräuschen unterschied, die von den Sklaven hinter jeder ihrer Herrinnen stammen mussten.

Noch nie hatte jemand so viele Lektionen, flüsterte ein Sklave.

Die Herrin sagte:

„Gut gemacht, Lucy, was für einen fantastischen Körper dein Junge hat."

Ich wurde nicht gefragt, ob ich mit der geplanten Unterhaltung einverstanden sei, und ich hatte auch nicht erwartet, gefragt zu werden, da ich mehr als alles andere ihr Sklave sein wollte.

„ Komm schon Peter, es ist Zeit, dass du dich bereit machst, alle Herrinnen zu begrüßen!" Angela befahl.

Ich versuchte, den Kopf zu heben, aber das Gewicht des Jochs auf meinen Schultern und meine Erschöpfung erlaubten es mir nicht. Angela bat Sklavin Cindy, zu ihr zu kommen, um zu helfen, und die beiden ergriffen ein Ende des Jochs und hoben mich mühelos hoch.

Als ich aufstand, sah ich mich um und bemerkte, wie die Sklaven gingen und die Herrinnen sich in kleinen Gruppen mit Wein und Vorspeisen unterhielten, und ich dachte, wie sehr ich einen Drink brauchte.

Ich sah Cindy an und lächelte durch meinen Knebel, um anzudeuten, dass ich wegen der überraschenden Abfolge der Ereignisse nicht sauer auf sie war.

Er sah mir in die Augen und drückte dann sanft meinen Arm.

Angela zog mich an einem D-Ring an meinem Hals, bis ich direkt unter dem ausgestreckten Arm des Galgens war.

Als ich dort stand, schaute ich nach oben und bemerkte ein Kabel mit einem daran befestigten Sicherheitshaken, dann hörte ich einen Motor und sah zu, wie der Haken herunterkam und direkt unter meinem Kopf endete.

Was hat die Dame gesagt?

Suspendierung und Teilnahme und noch etwas?

Ich muss mehr aufpassen.

„Cindy, löse die Seile an seinem Handgelenk und Unterarm an diesem Ende des Jochs und ich mache es an diesem anderen Ende.

Wir müssen dem Jungen die Aufhängeschellen anlegen und dann die Aufhängestange vor ihm. Sobald das erledigt ist." Fertig, ich mache es." „Wir werden das Holzjoch lösen und wegräumen. Herrin Lucy möchte keine Zeit mehr verlieren." sagte Angela.

Dann legten sie mir dicke Ledermanschetten um die Handgelenke und ich wusste, wofür sie waren, da ich die Fetisch-Anzeigen im Internet überprüft hatte.

Als wir unterwegs waren, hob Angela eine schwere, etwa zwei Meter lange Stahlstange vor mir hoch.

Es hatte Ketten mit Karabinerhaken an jedem Ende und einen schweren Ring in der Mitte.

Cindy schnappte schnell die Haken an jeder Kette oben an den Manschetten, die meine Handgelenke hielten, und sobald die zweite in Bewegung war, senkte Angela langsam die Stange, bis ich sie alleine hielt.

Das zusätzliche Gewicht auf meinem Körper und meinen Armen ließ mich laut in meinen Knebel stöhnen und ich bemerkte, dass Lucy mich ansah und die Gruppe, mit der ich zusammen war, anfing zu lächeln und zu lachen.

Angela und Cindy entfernten schnell das Joch, wodurch ich mich viel besser fühlte, und selbst nachdem sie die Stange über meinen Kopf gehoben und den Ring am Karabinerhaken angebracht hatten, spürte ich, wie der Druck von meinem Körper genommen wurde.

Angela kam auf mich zu und flüsterte, sodass niemand, nicht einmal Cindy, es hören konnte:

„Sklave, ich werde jetzt deinen Knebel entfernen und dir Wasser geben, bevor es zu Kennenlernen kommt. Wenn du dich nicht vor der Nacht benimmst, ist es ehrlich gesagt vorbei und ich werde dir beide Brustwarzen abschneiden. Verstanden?"

Ich nickte begeistert und sagte ja, als ich mich zu ihr umdrehte und wollte trinken und meine Brustwarzen behalten.

Dabei bemerkte ich, dass sich die Stange, an der meine Arme hingen, mit mir drehte, und als ich nach oben schaute, verstand ich, warum der Karabinerhaken über ein eingebautes Drehgelenk verfügte, sodass er sich in jede Richtung drehen konnte.

Dann entfernte Cindy den Knebel aus meinem Mund und drückte, während sie hinter mir stand, sanft ihre Brüste gegen meinen Rücken, was ein lustvolles Stöhnen über meine Lippen brachte.

Gott sei Dank hatte Angela nichts davon gehört oder gesehen, sagte ich mir.

Angela brachte mir dann eine Flasche Wasser an die Lippen, von der ich versuchte, sie ganz zu schlucken, aber ich durfte nur ein paar Schlucke trinken.

„Tut mir leid, Peter", sagte Angela, „aber ich kann dir nur ein paar Schlucke geben, sonst bekommst du vielleicht einen Krampf oder wirst sogar krank. Oh, Cindy, toll, du hast die Spreizstange für ihre Füße. Lass es uns holen." Es geht schnell, Peter. Erinnere dich daran, was ich über das Schreien gesagt habe.

Zuerst öffnete Cindy das Schloss an meinen Füßen mit dem Schlüssel, den sie in einem Armband aufbewahrt hatte, und dann schnappten sich die beiden Mädchen schnell die Stange, die etwa einen Meter lang sein musste, und befestigten an jedem Knöchel ein Lederband.

Während dies geschah, wurde mir klar, warum Angela mich zum Schreien aufgefordert hatte, da ich mich nicht nur von der Bar entfernt hatte, sondern nun auch in einer gespreizten Adlerposition am Boden hing und an meinen Handgelenken baumelte.

Ich konnte nur die Zähne zusammenbeißen und so leise wie möglich stöhnen.

Angela testete dann meine Situation, indem sie mich langsam von einer Seite zur anderen bewegte und mich dann einmal drehte, um sicherzustellen, dass die Drehung funktionierte.

Als er mich vor den Herrinnen ansah, sagte er:

„Sklave, du wirst vor der Begrüßung jeder Herrin niederknien und deinen Kopf mit gesenktem Blick senken. Du wirst sie begrüßen, wenn sie vor dir ist, und du wirst es tun: ‚Grüße, Herrin, ich bin der Sklave von Herrin Lucy, Peter.' Das wird sie tun Dann befehlen Sie uns, Sie auf beiden Beinen oder in voller Schwebe stehen zu lassen, und dann wird sie Ihnen offiziell ihre Peitsche und andere Dinge präsentieren. Alle Herrinnen haben die Erlaubnis dazu. Sie werden Sie so oft sie wollen von den Schultern peitschen bis zu den Zehen. Füße, aber für deinen Penis solltest du nur eine Peitsche benutzen. Denke daran, nicht zu weinen, Peter, sonst werden sie härter zu dir sein. Verstehst du Peter?

„Ja, Angela, ich verstehe", sagte ich, hatte aber Angst, sie zu fragen, was „und andere Dinge" bedeutete.

„Sklave, ich möchte, dass du etwas für mich tust. Angenommen, du wurdest gerade getroffen, dreh dich eine halbe Drehung nach links. JETZT!"

Ich musste es ein paar Mal versuchen, bis ich es richtig hinbekommen hatte, da ich beim ersten Mal zu weit und dann bei den nächsten paar Malen nicht weit genug gegangen bin oder mich komplett umgedreht habe.

Dann brachten sie mich auf Trab und mussten den Vorgang wiederholen, bis ich alles richtig gemacht hatte.

Während mir diese Spinntechnik beigebracht wurde, hatte Cindy einen Tisch vor mir aufgestellt, auf dem Flagellatoren verschiedener Arten und Farben und ein großes Glasfischbecken mit Holzzangen standen.

Dann nickte Angela Cindy zu, sie solle an meine Seite kommen, und dann ging Angela zu den Herrinnen.

Scheiße, sie ist so schön und Cindy und alle Herrinnen auch, dachte ich, als Cindy wieder anfing, meinen Schwanz zu streicheln, um ihn hart zu halten, schätze ich.

„Sei mutig, Peter, und es wird bald vorbei sein. Ich liebe dich, Peter", flüsterte sie.

# KAPITEL V

Ein Schauer lief durch meinen Körper, als ich dort stand und auf mein Schicksal wartete, gehalten von Cindy, während sie sanft meine Männlichkeit streichelte.

Ich erinnere mich an den Blick auf den See und die Segelboote, die auf einem zunehmend ruhigeren Wassergrund nach Hause fuhren.

Die ersten Gedanken an den Abend machten sich breit und ich wusste, dass es in weniger als einer Stunde dunkel sein würde und fragte mich, wo die Zeit geblieben war.

„Mach dich bereit. Sie kommen", befahl Angela Cindy, als ich in die Realität zurückkehrte.

Ich hatte Angelas Rückkehr nicht bemerkt und als ich mich zu ihr umdrehte, schlug sie mir hart auf den Hintern und kicherte.

„Ich kann es kaum erwarten, zu sehen, ob du es in der nächsten Stunde schaffst, denn es ist besser, alle Damen während deines Auftritts heiß und nass zu machen. Jetzt, Cindy, bring diese Schlampe auf die Knie, bevor sie hier sind. Und Peter, denk dran was ich dir gesagt habe".

Mein gespreizter Körper wurde mit Cindys Hilfe auf die Knie gestützt, da ich nicht sicher war, wie ich am besten in die richtige Position komme.

Auf den Knien hielt ich den Kopf gesenkt, wie Angela es befohlen hatte, aber ich wusste aus der peripheren Sicht, die ich hatte, und aus ihren Stimmen, dass sie jetzt vor uns standen.

„Ladys of Pleasure of Pain, ich biete Ihnen meinen Sklaven, den Sklaven Peter, als Gegenleistung an. Bitte nutzen Sie ihn gut. Nach Abschluss meines wertlosen Männertests wird es eine Sonderschau für Sie geben, die Angela so freundlich vorbereitet hat." „Lady Samantha , bitte beginnen Sie freundlicherweise mit der Zeremonie."

Alle vor mir waren still und ich konnte Herrin Samantha hören, als sie näher kam und sogar die Zange aus der Schüssel nahm.

Eine der Damen sagte dann leise zu einer anderen Person:

„Ah, der Stachel, sie wird es testen."

Bejahendes Gemurmel während des gesamten Treffens.

Als sie vor mir stand, erzählte ich ihr, was Angela mir gesagt hatte:

„Grüße, Herrin, ich bin Herrin Lucys Sklave Peter."

„Hebe deinen Kopf und sieh mich an, Sklave", befahl er.

Als er langsam den Kopf hob, bemerkte ich, dass er in seiner linken Hand zwei Wäscheklammern und in seiner rechten eine dunkelrote Lederpeitsche hielt.

Die Peitsche sah aus wie eine kurze, geflochtene Peitsche, hatte aber am Ende eine zusätzliche Länge von neun Schwänzen aus Leder, die fast die Größe eines Seils hatten und jeweils am Ende geknotet waren.

„Was zum Teufel", dachte ich.

So naiv ich auch bin, ich wusste, dass die Peitsche, die er hielt, nicht die Peitsche war, die Angela beschrieben hatte.

Ich sah Angela an und sie lächelte kaum unschuldig und zuckte mit den Schultern.

„Diese Schlampe wird eines Tages bekommen, wonach sie sucht."

Ich wusste, dass es mehr weh tun würde, als ich zuvor erklärt hatte, aber ich würde es auf jede erdenkliche Weise angehen, um Angela zu zeigen, dass ich es ertragen konnte.

Herrin Samantha hatte diese Interaktion gesehen und brach in Gelächter aus.

„Meine Damen, es scheint, dass diesem Sklaven nicht alles über die heutige Show erzählt wurde, aber er hat zugestimmt, hier zu sein, und das wird eine gute Lektion für ihn sein. Warten wir auf einen verwirrten Sklaven!"

„ Peter, Sklave, stimmst du zu, dass du allen Frauen untergeordnet bist, dass alle Frauen den Männern überlegen sind, dass du allen Frauen dienen und gehorchen wirst, egal wo du bist, und dass du lernen wirst, die Lustbewegung des Schmerzes zu unterstützen." ?"

„Ja, Frau Samantha, ich stimme zu", antwortete ich.

„Weißt du, wer ich bin, Sklave, und was ich tue?"

„Ja, Ma'am. Sie haben Ihre eigene Anwaltskanzlei in Maine, die ich genutzt habe, aber ich habe nur mit Ihren Mitarbeitern zu tun gehabt."

„Unsere Teilnahme an dieser Gruppe muss vertraulich sein. Verstehen Sie Peter und können wir uns darauf verlassen, dass wir es geheim halten?"

„Ich verstehe, dass die Dame und ich stets alles vertraulich behandeln werden."

„Hast du den süßen Nektar einer schwarzen Göttin gekostet, Sklave, und möchtest du das auch tun?" Sie fragte.

„Ja, Frau Samantha, das tue ich."

Sobald ich diese Worte erwähnte, wanderte die Hand, die die Peitsche hielt, zu meinem Hinterkopf und schob sie in Richtung ihrer wartenden Muschi, die von ihrer anderen Hand freigelegt worden war, als sie ihr Kleid anhob.

Meine Zunge suchte sofort nach ihrem Kitzler, der heiß war und in Sexsäften schwamm, und als ich ihn leckte, spürte ich, wie er hart wurde und wuchs.

Ohne um Erlaubnis zu fragen, drehte ich leicht den Kopf, öffnete den Mund, der ihr Geschlecht umgab, und begann, alles in immer schnellerem Tempo aufzusaugen.

Ein paar Sekunden lang rammte sie mir ihre Muschi ins Gesicht und schubste mich dann grob.

„Ah, Schlampe", schrie er und schlug mir mit der Peitsche ins Gesicht. „Lucy, das hast du sehr gut gemacht... nicht nur der Körper dieser Schlampe ist dafür geschaffen, uns zu dienen, sondern ich glaube auch, dass ihr Geist bereit ist, uns zu dienen."

Herrin Samantha trat zurück und Angela blickte ihren Sklaven an, sagte „Fertig" und reichte dann Cindy die beiden Wäscheklammern.

Ich wurde völlig vom Boden hochgehoben, völlig schwebend in dieser wild ausgebreiteten Adlerhaltung, mit dem Gesicht zum Kopf dieser Pain Pleasure Group.

Ich bemerkte, dass Cindy etwas nachdenklich auf die Wäscheklammern blickte und dann begann, eine auf meine linke Brustwarze und eine andere auf meinen Eierbeutel zu stecken, was ein leises Stöhnen über meine Lippen verursachte.

Während dies geschah, schaute ich Samantha an, die für mich unglaublich wild aussah, und ich spürte, wie mein Schwanz hart wurde.

„Sehen Sie, meine Damen! Die Hure erweist mir bereits gebührend ihre Aufwartung."

Unmittelbar nachdem er das gesagt hatte, schlug er mich hart auf meinen rechten Oberschenkel und dann noch einmal auf meinen linken, sodass ich mit meinen Fesseln kämpfen musste, aber zwischen meinen zusammengebissenen Zähnen keinen Laut von mir gab.

„Angela, dreh dich bitte um", befahl Samantha.

Dann zischte Angela mir so laut ins Ohr, dass es jeder hören konnte.

„Dreh dich um, du verdammte Schlampe, und sei schnell."

Mit aller Kraft drehte ich mich schnell so sanft wie möglich um und dachte dabei an Angela und sagte mir:

„Ich werde diese Hure für mich allein haben."

Sicherlich wäre sie unter anderen Umständen vielleicht etwas netter.

Als ich den Zug beendet hatte, schaute ich Angela in die Augen und versuchte sie zu töten, ohne großen Erfolg.

Dann verpasste mir Samantha mit ihrer Peitsche zwei harte Schläge auf den Rücken und dann verstand ich, warum sie es „Stinger" nannten.

Es war, als ob ich bei jedem Schlag spüren konnte, wie die neun Schwänze der Peitsche in meinen Körper eindrangen, aber trotzdem verspürte ich ein Kribbeln, das fast nach mehr zu verlangen schien.

Als sich mein innerer Kampf beruhigte, hörte ich Samantha sagen: „Bereit, Angela?" und dann hörte ich ein Schweigen aus der Menge der Damen, die sich in der Nähe versammelt hatte.

Ich schaute nach unten und sah zu, wie Angela sich zu mir beugte und meinen erigierten Schwanz in den Mund nahm, ihn bearbeitete, bis sie ihn genau so hatte, wie sie es wollte, und dann ihre rechte Hand hob.

In diesem Moment explodierte meine Welt mit einer Reihe harter Schläge auf meine Pobacken und Angelas Zähne drückten meinen Schwanz so fest, dass ich dachte, sie würde ihn abschneiden.

Ich schrie nicht, aber mein Stöhnen durch zusammengebissene Zähne klang, als würde ich Dreck kauen.

Während ich in dieser Position völliger Fesselung kämpfte , biss Angela weiter in meinen Penis, bis Herrin Samantha sprach:

„Angela, hör schon auf. Du wirst später für diesen Ausbruch bestraft. Was zum Teufel hast du dir dabei gedacht, Frau?"

Dann stand ich auf, wandte mich mit Cindys Hilfe der Gruppe zu und ging erneut auf die Knie.

Während sie den Kopf senkte, sprach meine Herrin zur Gruppe:

„Als nächstes kommt unser Gast von außerhalb des Bezirks, Frau Victoria, die beim Aufbau unserer lokalen Gruppe geholfen hat. Frau Victoria, bitte."

„Grüße, Herrin, ich bin die Sklavin von Herrin Lucy", sagte ich, als sie vor mir stand.

„Hebe deinen Kopf hoch, Junge! Weißt du, wer ich bin?"

Als ich meinen Kopf hob, fielen mir wieder die beiden Wäscheklammern auf, aber dieses Mal hielt ihre rechte Hand eine kleine Peitsche und mein Herz sank, aber es nahm meiner Männlichkeit keinen Abbruch, da ich irgendwie hart blieb.

Ich sah in die Augen einer reifen Frau, die immer noch äußerst schön war und den Körper einer viel jüngeren Person hatte.

„Sie sind Frau Victoria. Ich habe E-Mails mit Ihnen ausgetauscht, als ich Ihrer Rollenspielgruppe beigetreten bin, aber ich war nie gut darin und habe aufgegeben. Es tut mir leid, Ma'am."

Ehrlich gesagt hoffte ich, dass ich sie nicht verärgert hatte, als ich meinen Kopf senkte.

„Heben und drehen", befahl mir Angela.

Zuerst reichte er die beiden Wäscheklammern Cindy, die, nachdem sie sie sich erneut angesehen hatte, die Augenbrauen hochzog und dann beide an meinem Penis befestigte: Auf der Haut auf beiden Seiten der Hoden an der Basis.

Dann folgten fünf harte Schläge auf meinen Rücken und mein Gesäß, während ich stöhnte und mit meinen Fesseln kämpfte.

„Ausgezeichnet, ausgezeichnet", erklärte Frau Victoria, bevor ich in meine kniende Position zurückkehrte.

Und so geschah es, mit unterschiedlichen Strafen für all diese mächtigen Frauen, jede von ihnen wurde von meiner Herrin gerufen.

Von Nellie, einer Highschool-Lehrerin, über Flora, eine Seifenopernschauspielerin, über Jane, eine Ärztin, über Jemina, eine Geschichtslehrerin, über Rosie, eine Künstlerin in einer Talentshow, bis hin zu Laura , der Besitzerin des Fernsehsenders, die mich eingeladen hat zu ihrer Insel. .

Es gab zwei Ausnahmen, auf die ich näher eingehen werde: Clara, Moderatorin bei einem Kabelnachrichtensender, und Celine, die Wetterfrau auf demselben Sender.

Als Frau Clara gerufen wurde, näherte sie sich, schlug mit einer großen schwarzen Peitsche, die an ihrem Oberschenkel hing, und blieb direkt vor mir stehen, wobei sie fast meinen gesenkten Kopf berührte.

„Grüße Herrin, ich bin Herrin Lucys Sklave Peter", stammelte ich etwas zittrig und ängstlich, während ich weiterhin mit der Peitsche an ihrem Bein knallte, wohlwissend, dass sie ihr Spielzeug sehen konnte.

„Heben Sie den Kopf, Sir. Wissen Sie, wer ich bin?"

Der Mann wurde abfällig gesagt, so dass es jeder hören konnte .

Als ich meinen Kopf hob und sie zum ersten Mal im wirklichen Leben ansah, wurde mir klar, dass sie noch schöner war als im Fernsehen.

Er hatte einen traumhaft schönen Körper und sein Haar war derzeit schulterlang dunkelblond, und nach dem, was er gelesen hatte, übertraf sein Gehirn die meisten Männer.

„Ja, Frau Clara, Sie sind eine Referenz im Telegramm."

Als ich das sagte, bemerkte ich, dass sie überhaupt nicht auf meine Worte achtete, sondern stattdessen Angela ansah.

Ich drehte meinen Kopf in Angelas Richtung und bemerkte, dass sie Clara ansah, lächelte und sich die Lippen leckte.

„Dieses Mädchen ist auch ein Witzbold, geil und steht auf alles", dachte ich an Angela und lachte leise laut.

Leider dachte Frau Clara, ich würde sie auslachen und gab mir eine Ohrfeige.

„Mrs. Lucy! Ihr Schwein wagt es, mich auszulachen. Was werden Sie dagegen tun?"

„Es tut mir leid, Clara. Angela, nimm die Pinzette und lege sie dem Bastard an. Jetzt!" Sie bestellte.

Als Angela zum Tisch ging, um die Klammern zu holen, fragte sie Lucy, wie fest sie sie haben wollte, und Lucys Antwort war:

„Wenn man sie nicht mehr festziehen kann, sind sie perfekt."

„Frau Clara, ich hoffe, das findet Ihre Zustimmung", fragte Lucy.

„Hebe es auf Zehenspitzen hoch!" Sagte Clara, als sie Cindy die Pinzette gab.

Dann befahl Angela Cindy, alle Wäscheklammern von meinen Brustwarzen zu entfernen und sie an meinem Schwanz anzubringen, sobald ich in Position war.

Cindy sah mir nicht in die Augen, als die vier Wäscheklammern entfernt und auf meinen Schwanz gelegt wurden und dann Claras Wäscheklammern auf meine Eier gelegt wurden.

Zu diesem Zeitpunkt war mein Penis auf beiden Seiten fast vollständig von den Stiften bedeckt.

Dann machte Angela lächelnd und freundlich ihr Ding mit den Klammern.

Jede Klemme bestand aus zwei flachen Metallstangen mit Schrauben an jedem Ende, die von Hand festgezogen werden mussten.

Nachdem jede einzelne gelockert worden war, platzierte er eine Klemme über einer Brustwarze mit einer Stange darüber und darunter und ließ dann Cindy die Brustwarze durch die Klemme ziehen, während sie sie zusammendrückte.

Als sie beide festgehalten wurden, war ich etwas erleichtert, da nur Cindy, die an ihnen zog, Schmerzen verursachte.

„Jetzt werde ich sie ausdrücken, Schlampe", sagte er, während wir uns beide ansahen.

Als er sie drückte, wurde der Schmerz unerträglich.

Ich hatte noch nie so starke Schmerzen gespürt, aber verdammt noch mal, ich wollte ihnen nicht das Vergnügen bereiten, zu schreien, denn genau das wollte Angela von mir.

Clara befahl mir, mich umzudrehen, was ich zu schätzen wusste, denn nachdem all meine TV-Fantasien mit ihr durch die Erkenntnis, dass sie das andere Geschlecht bevorzugte, zunichte gemacht worden waren , wollte ich nicht sehen, wie sie mich verprügelte und die Demütigung spürte.

In Wirklichkeit war seine Auspeitschung schmerzhaft, aber aufregend.

War es wegen meiner Demütigung?

Bei Herrin Celine kamen wir nie in die Prügelphase.

Nachdem sie sich ihr näherte und mich vorstellte, betrachtete ich ihre Schönheit und sie lächelte, und ich sagte, dass ich sie seit Jahren jedes Wochenende gesehen hatte, während ich den örtlichen Wetterbericht vorstellte, und platzte damit heraus, dass ich in sie verliebt war und fand, dass sie fantastisch aussah.

„Willst du es mit deinem Wettermädchen versuchen, Peter?"

„Es wäre mir eine Ehre, Herrin", antwortete ich und legte dann meinen Kopf zwischen ihre Beine, während sie ihr Kleid hochhob.

Sie war heiß und nass und brauchte einen Orgasmus.

Meine Zunge arbeitete hart an ihrer Klitoris, während sie ihren Körper gegen mein Gesicht pumpte.

Als es völlig angeschwollen war, konnte ich es mit meinen Lippen festhalten, während meine Zunge darüber fuhr.

Es dauerte nicht lange, bis sie vor einem Orgasmus stöhnte und Liebessäfte mein Gesicht bedeckten.

Dann trat sie zurück, ließ die Peitsche fallen, ging auf meine Herrin zu und fragte sie scherzhaft, ob sie mich an sie verkaufen würde.

Nachdem ich meine Vorstellungen mit jeder der Herrinnen durchgegangen war, kniete ich mit gesenktem Kopf nieder und wusste, dass Herrin Lucy vor mir war.

„Grüße, Herrin Lucy. Ich bin dein Sklave, dein Sklave Peter."

„Erhebe deinen Kopf, Sklave"

Als ich das tat, wusste ich, warum sie an diesem Abend dort war, denn ihre Schönheit war faszinierend und ich liebte sie wirklich.

Er hatte keine Klammern in der Hand, aber in seiner rechten Hand hielt er eine kleine Peitsche, von der ich sofort wusste, wozu sie diente, da er in seiner linken Hand einen Knebel hielt.

„Gut gemacht, Sklave. Dein Prozess wird bald vorbei sein und die Damen haben zugestimmt, dass der Knebel angelegt wird, damit du den Rest der Nacht bei Bedarf schreien kannst. Jetzt, Angela, steck den Knebel in die vordere Aufhängung und zieh ihn ganz fest an dieser Junge "

Angela nahm den Knebel und führte ihn ohne jegliche Sanftheit in meinen Mund ein und befestigte den Knebel fest, nachdem sie meinen Kopf gedrückt hatte.

Die Damen schauten sich das alles an, besonders als er mir an den Klammern hochhalf und ich zum ersten Mal in den Knebel schreien konnte.

Sie ließen mich vollgefedert zurück, damit es jeder sehen konnte.

Als Angela befohlen wurde, die Klammern zu entfernen, beobachteten die Damen mit großem Interesse meine Reaktion auf das Entfernen jeder Klammer, während ich schrie und versuchte, meine Brustwarzen zu trösten.

Dann kam Lucy herüber und stellte sich vor mich.

„Bitte, Peter, zeig allen, dass du mein Sklave bist. Jetzt werde ich alle deine Wäscheklammern mit meinem kleinen Spielzeug und nicht ganz sanft entfernen. Jeder beobachtet deine Reaktion auf das, was ich tue, also lass es uns richtig machen."

Ich nickte und schloss meine Augen, entschlossen, nicht noch einmal zu schreien, als die Peitschenschwänze überall dort landeten, wo eine Wäscheklammer platziert worden war, aber die meisten davon waren auf meinem Schwanz und meinen Eiern.

Ich stöhnte und kämpfte darum, der Peitsche zu entkommen, bis sie schließlich aufhörte und ich meine Augen für eine lächelnde Herrin öffnete.

„Gut gemacht, Peter", sagte sie und wandte sich dann an ihre Gäste. „Vor der Aufführung von The Final Suspension wird es eine kurze Zeitspanne geben. Könnten Sie mich bitte mit einem Glas Eiswein begleiten, während die Mädchen die letzte Unterhaltung des Abends vorbereiten?"

„Wovon zum Teufel redet er?", dachte ich.

Die endgültige Suspendierung? Werden sie mich hängen?

Dann ließen sie mich auf den Boden fallen und sagten mir, ich solle niederknien, während Angela und Cindy damit beschäftigt waren, sich auf was vorzubereiten: Meinen Tod?

Ich war zu müde, um irgendetwas zu tun, selbst als die schwere Stange vom Kabel getrennt und hinter mir platziert wurde.

Als ich meinen Schwanz betrachtete, sah ich ihn schwach hängen und wusste, dass selbst Viagra in diesem Moment nicht sehr hilfreich sein würde.

Verblüfft sah ich zu, wie Angela und Cindy eine Art Motor herausholten, den sie an das Kabel anschlossen und ihn dann, nachdem er eingesteckt war, testeten, um sicherzustellen, dass er funktionierte.

Dann wurde die Stange, mit der die Ketten an meinen Handfesseln befestigt waren, an der Unterseite des Geräts befestigt und das Ganze hochgezogen , um mich hochzuziehen, bis ich wieder aufgehängt war.

Diesmal lockerten sie die Spreizstange an meinen Knöcheln und entfernten sie, als sie mich auf die Füße setzten.

Dann legte Cindy schwere Lederhandschellen an meine Oberschenkel knapp über meinen Knien und als beide fest angeschnallt waren, wurde ich in eine sitzende Position gesenkt.

Ich fühlte mich am ganzen Körper taub und hatte keine Angst vor weiteren Schmerzversuchen.

Dann wurde eine Kette von jeder Oberschenkelmanschette an die obere Stange gebunden und festgezogen, bis es schien, als säße ich mit gespreizten Beinen, während das Kabel mich anhob, bis ich mich etwa 1,5 Meter über dem Boden befand.

„Cindy, lass uns das vor der letzten Vorstellung versuchen."

Angela erwähnte es mit leiser Stimme und schnappte sich dann ein Elektrokabel, das mit dem Gerät über mir verbunden war.

Etwas, das wie eine Art Steuerkasten aussah, war mit dem Kabel verbunden, durch das Angela mit den Fingern fuhr.

Ich wurde zuerst im Uhrzeigersinn und dann gegen den Uhrzeigersinn in vollen Umdrehungen mit verschiedenen

Geschwindigkeiten gedreht und dann auch noch ruckartig auf und ab bewegt.

Zufrieden befahl Angela Cindy, das letzte Stück vorzubereiten, das ich von oben beobachtete.

Sie trugen einen schweren runden Stahlpfosten, der über einen Meter lang war, zu einer Position direkt unter mir und schraubten ihn in etwas fest, von dem ich dachte, es handele sich um ein in Bodennähe in Beton eingelassenes Sickerloch.

Nachdem sie sich vergewissert hatte, dass es fest sitzt und sich nicht lockert, schnappte sich Angela einen Edelstahlkegel aus einer Kiste und begann, ihn oben in den Metallpfosten zu schrauben.

Zu diesem Zeitpunkt geschah dies alles direkt unter meinem Körper, sodass ich einen guten Überblick darüber hatte, was getan wurde und was meiner Meinung nach passieren würde, was eine harte Kampfsitzung meinerseits auslöste, da ich das nicht wollte Teil davon.

Angela packte sofort die Basis meiner Hoden, drückte sie und schlug mit ihrer rechten Faust so fest sie konnte auf den Hodensack, den sie hielt, was mich dazu brachte, in den Knebel zu schreien, da ich nur glänzende schwarze Flecken vor meinen Augen sah.

„Hör auf, Peter, oder ich schlage dich weiter, bis du ohnmächtig wirst. Verstanden?" Fragte Angela.

Ich hörte auf, aber aus zwei Gründen, einer davon war Angelas Drohung und der andere war die Tatsache, dass mein Körper völlig erschöpft war.

Ich konnte es nicht mehr ertragen, weil die Federung mich daran hinderte und ich wusste, dass ich den Rest der Nacht hier herumhängen und die Schmerzen genießen würde.

Ich versuchte zu Atem zu kommen, als ich mir den Kegel genauer ansah.

Obwohl es schwer zu erkennen war, war die Oberseite abgerundet und schien einen Durchmesser von etwa einem halben Zoll zu haben.

Dieser vergrößerte sich über eine Länge von etwa zehn Zoll auf einen Durchmesser von etwa zwei bis drei Zoll an der Basis, was mir etwa zehn Fuß vorkam.

Dann bedeckte Cindy alles mit einer dicken Schicht Gleitmittel und begann dann, indem sie eine beträchtliche Menge davon auf ihre Fingerspitzen auftrug, meinen Anus damit zu reiben.

Sie lachte, als sie spuckte und versuchte, ihre Finger in mich zu stecken, was plötzlich in mir landete und mich zum Keuchen und Stöhnen brachte.

Während man sich um meinen Hintern kümmerte, steckte Angela einen CD-Player ein und probierte schnell den Song aus, den sie für dieses verdammte Event ihrer eigenen Wahl ausgewählt hatte, von dem sie hoffte, dass er es eines Tages in gleicher Weise zurückgeben würde.

Ich erkannte die Musik sofort ... und wusste, dass ihr langsamer Beat alle Damen begeistern würde, mir aber große Schmerzen bereiten würde.

Der CD-Player wurde ebenfalls an der Steuerbox des Geräts angebracht.

Angela hatte die ersten Instrumentaltakte des Liedes vorab aufgenommen und spielte es nun, um die Aufmerksamkeit der Damen zu erregen und ihnen zu signalisieren, dass sie bereit war.

Ich sah zu, wie die Damen kamen und sich etwa einen Meter entfernt im Halbkreis um mich herum aufstellten, und ich sah, wie Angela Herrin Lucy begrüßte, als sie die Musik ausschaltete.

„Meine Damen, das ist eine kurze Präsentation von Angela, die sie „The Final Suspension" nennt.

Mein Sklave Peter wurde erst vor ein paar Minuten darüber informiert und es ist eine gute Möglichkeit für meinen Sklaven, immer mit dem Unerwarteten zu rechnen.

„Du kannst weitermachen, Angela." sagte Lucy.

„Vielen Dank, Ma'am", antwortete Angela. „Ich hoffe, Sie genießen das Spektakel, das ich The Final Suspension nenne und das alle Männer für die Aufführung im Pleasure of Pain ertragen sollten."

Angela drehte sich dann um, ging zum Steuerkasten und legte ein paar Schalter um, was Cindy dazu veranlasste, sich herabzulassen und meinen Körper in den Kegel zu führen, der ein paar Zentimeter in meinen Arsch eindrang.

Ich schrie bei dieser Penetration in den Knebel und bemerkte gleichzeitig, dass alle Damen ihre Arme verschränkt hatten und diese Demütigung meines Körpers aufmerksam beobachteten.

Dann begann die Musik und in der ersten Minute wurde mein Körper im Takt der Musik einen Zentimeter angehoben und ein oder zwei Zentimeter abgesenkt und immer wieder angehoben und wieder abgesenkt.

Arm in Arm schienen sich auch die Damen so gut sie konnten im Rhythmus der Musik zu bewegen.

Ich hörte sie auch Dinge rufen wie „Das sollte allen Männern passieren", „Frauen herrschen", „Männer sind Abschaum", „Lang lebe das Vergnügen des Schmerzes ", mit Jubelrufen und Klatschen während des gesamten Liedes.

Ich wusste, dass Schlampe Angela dafür gut belohnt werden würde, aber es blieb mir nichts anderes übrig, als jedes Mal schreiend dazustehen, wenn ich in Neuland vordrang.

Während der zweiten Minute des Liedes musste ich drei bis zehn Zentimeter tief in mich eingedrungen sein, da ich mich nicht mehr auf und ab bewegte, sondern der Kegel nun in kleinen Bewegungen nach links und rechts rotierte.

Dann war die letzte Minute... eine, in der ich die ganze Minute geschrien habe, eine unendliche Minute, wie es mir vorkam.

Nicht nur die Drehung des Kegels nahm zu, sondern auch die Auf- und Abbewegung.

Ich konnte nur zustimmendes Gebrüll aus der Menge hören und wusste, dass ich mit jedem Schlag das Bewusstsein verlor, und schließlich, am Ende des Liedes, hörte die Drehung auf und mein Körper fiel auf den Kegel; mein Gewicht, indem ich es so weit wie möglich verlor.

Dann schrie ich lauter als jemals zuvor in meinem Leben und wurde dann ohnmächtig.

***

Als ich aufwachte, war ich allein… da war niemand.

Der Tag war zur Nacht geworden, aber die Lichter im Haus und auf dem Bauernhof spendeten genug Licht, damit er sehen konnte, wo er war.

Als ich unter dem Galgen lag, hatte jemand eine Decke über meinen Körper geworfen und als ich mich umsah, gab es keinen Hinweis darauf, dass jemals eine Séance irgendeiner Art stattgefunden hatte.

Hatte ich mir das alles eingebildet?

Dieser Gedanke änderte sich, als ich versuchte, mich zu bewegen und all die Schmerzen in meinem Körper spürte.

Ich war von meinen Fesseln und meinem Knebel befreit, lag nackt im Gras und hatte keine Ahnung, was ich tun sollte.

Musik und Gelächter kamen aus dem Haus, aber ich wollte nichts damit zu tun haben und mühte mich ab, aufzustehen, und machte mich auf den Weg zum Eingangsgebäude, wo es vorbereitet worden war.

Ich stolperte durch das Gebäude und fand den Weg zu meinem Auto, in das ich schnell einstieg und es starten wollte, aber ich konnte die Schlüssel nicht finden.

„Raus aus dem Auto, Junge!"

Ich schaute auf und sah Cindy in einer weißen Bluse und einem kurzen Rock.

Ohne BH, Gott, sie ist wunderschön, dachte ich, aber ich wusste, dass ich im Moment nichts tun konnte.

„Hast du mich gehört, Junge? Steig jetzt aus dem Auto. Männer müssen allen Frauen gehorchen, und das bedeutet, Peter, jetzt kommst du verdammt noch mal hier im Auto raus."

War ich zu müde, um zu streiten, oder kannte ich meinen Platz in der Gruppe?

Wie auch immer, ich stieg aus meinem Auto und sah, wie Cindy mir meine Kleidung zum Anziehen hinhielt.

„Hey, diese Klamotten gehören mir! „Woher hast du das alles?" Ich fragte nach.

„Zieh es einfach an und steig ins Auto, ich muss dich nach Hause bringen und auf dich aufpassen. Frau Lucy machte sich Sorgen um dein Wohlergehen."

Ich war zu müde, um etwas zu sagen, und dankbar, dass mich jemand nach Hause brachte.

Cindy parkte am Rand der Einfahrt und wollte weder hineingehen noch die Garage öffnen.

Das Licht im Haus war an und ich wusste, dass ich keins angelassen hatte, also wurde mir klar, dass sie irgendwann in der Nacht meine Schlüssel mitgenommen und das Haus hergerichtet hatten.

Nachdem sie mich ins Haus gebracht hatte, brachte mich Cindy ins Badezimmer und unter die Dusche, in die sie mit mir ging.

Sie wusch mich und hielt mich fest an sich ... es fühlte sich so weich und so gut an, dass ich wusste, dass mein Körper bald wieder normal werden würde.

Als das Wasser über uns spritzte, hörte ich im Schlafbereich ein lautes Geräusch.

„Was war das? Ist noch jemand hier?"

„Entspann dich, Peter. Das war nur das zentrale Kühlsystem oder so. Du hattest einen harten Tag. Lass uns abtrocknen und uns ins Bett legen."

Sie zog mich sanft trocken, küsste meinen Körper dort, wo er wund oder gezeichnet war, und schließlich gab sie mir einen harten Kuss auf die Lippen, wobei ihre Zunge meine zu massieren schien.

Oh Gott, sie macht mich an.

Nackt gingen wir Arm in Arm in das Gästezimmer, in dem alle Lichter brannten.

Ich dachte, Cindy hätte es getan.

Als wir eintraten, war ich überrascht, Herrin Lucy nackt auf dem Bett liegen zu sehen, nur bekleidet mit einem schwarzen Tanga.

„Ah, hier sind meine beiden Sklaven. Sie sehen beide fantastisch aus. Komm, Cindy, und komm zu mir. Nein, nicht du, Peter, ich will keinen Sklaven. Deine Dienste werden heute Nacht nicht benötigt, also geh ins Hauptschlafzimmer Jetzt!" "

Mein Herz sank tiefer als je zuvor, als ich seine Worte hörte, und mit gesenktem Kopf ging ich in mein Zimmer.

Es war dunkel, also machte ich natürlich das Licht an und da auf dem Schlafzimmerboden war Angela!

Sie war nackt und hatte Metallmanschetten an ihren Handgelenken, die hinter ihrem Rücken und auch an ihren Knöcheln befestigt waren, und wurde in eine unterwürfige Position gebracht, indem ihr langes Haar mit einem Seil zusammengebunden wurde, das fest an ihren Knöcheln befestigt war.

Ein Knebel unterdrückte ihr Keuchen, als sie zusah, wie ich ihre Schönheit aufnahm und erkannte, was als nächstes passieren würde.

Daneben lag eine kleine Lederpeitsche mit einem einzelnen geflochtenen Schwanz, die wie eine Miniatur-Bullenpeitsche aussah, und darüber lag ein Zettel.

Die Notiz stammte von Frau Lucy und lautete einfach:

„Denken Sie an Peter, erwarten Sie immer das Unerwartete."

Als ich die Peitsche hob, kehrte meine Männlichkeit stark zurück und ich wusste von diesem Moment an, dass ich niemals aufhören würde, der Lust des Schmerzes anzugehören.

# SANDYS WUNSCH

„Ich werde heute Abend in deinem gewohnten Hotelzimmer auf dich warten, ich brauche dich."

Sandy legt den Hörer auf und freut sich nervös auf ihren großen Abend.

Mit keinem anderen Liebhaber hat er so mutige Schritte unternommen.

Obwohl sie anspruchsvoll und hungrig wie ein Wolf war , hat kein Mann ihre tiefsten Leidenschaften so berührt wie dieser Liebhaber.

Und als sie es ihm gegenüber zögernd erwähnt, ist er zu seiner großen Freude dafür empfänglich.

Sein Verstand spielte verrückt.

Kann dieser Liebhaber ihr wirklich das geben, wonach sie sich sehnt?

Im Alltag ist Sam ein kraftvoller und erfolgreicher Mann, ein Mann, dem jeder in seiner Welt zuhört.

Und in ihrer Welt ist Sandy eine ruhige, verheiratete Vorstadtmutter, der auch zugehört wird, aber nur von kleinen Kindern.

Sie wünscht sich Kontrolle und Respekt fast so stark, wie er sich jemanden wünscht, der sich um ihn kümmert.

Jemand, der Verantwortung übernimmt.

Jemand, der den Druck lindert, immer das Sagen zu haben.

* * *

Sandy steht vor der Hotelzimmertür und weiß, dass er drinnen auf sie wartet.

Klopft nervös an die Tür.

Er nimmt seinen Mut zusammen, erinnert sich an seine Fantasien und spielt seine Rolle ein wenig.

„Mach sofort die Tür auf, sonst gehe ich nach Hause."

Sam lächelt, als er die Stimme seines Geliebten hört, die ihn befiehlt.

Sie kann fast das musikalische Lachen hören, das den größten Teil seiner Rede begleitet, weil sie weiß, dass er in ihrem Leben sie im Allgemeinen zum Lachen bringt und dies im Besonderen eine Abwechslung für sie ist , also muss sie vor Freude explodieren.

Als sich die Tür öffnet, vermeidet sie ein Lächeln.

Er lächelt sie an und seine Augen durchbohren ihre in einem unfreiwilligen Versuch, um die Kontrolle über die Situation zu kämpfen.

„Heute Nacht nicht, Sam. Nicht heute Nacht. Ich habe heute Abend das Sagen, nicht du. Zieh alles aus und geh ins Bett. Jetzt kuscheln oder ich gehe."

Sandy spricht diese Worte mit wachsender Zuversicht.

Seine Stimme schwingt fest mit.

Mit fest auf dem Boden stehenden Füßen beobachtet Sandy, wie er sich auszieht.

Jedes Kleidungsstück, das er auszieht, bringt ein wenig mehr von seinem unglaublichen Körperbau zum Vorschein.

WOW.

Wie es ihr gefällt.

„Jetzt leg dich aufs Bett. Und beweg dich nicht, Sam, sonst gehe ich. Ich meine es ernst."

Sandy klingt ernst und bestimmt, ihre erste Kontrollübung und ihre Erregung wächst von Minute zu Minute.

Er legt sich auf das Bett, seine im Moment schwache Männlichkeit wächst langsam und bildet eine Linie senkrecht zu seinem liegenden Körper.

„Deine Augen sind auf mich gerichtet. Schau mich an."

Sandy steht am Fußende des Bettes, vor ihr ihr nackter Liebhaber.

Dabei ganz langsam und bewusst jedes Kleidungsstück ausziehen.

Er zieht langsam sein Hemd über den Kopf und bleibt vor ihm stehen.

Ihr Dekolleté ragt aus den Körbchen ihres schwarzen BHs hervor und versucht kraftlos, ihre Titten an Ort und Stelle zu halten.

Ihre schlanke Taille wird von einem schwarzen Korsett bedeckt, das vorne geschnürt ist, um ihre Kurven zu betonen.

Sie zieht langsam ihren Rock aus, Zoll für Zoll, und enthüllt einen winzigen schwarzen Tanga mit Perlen und zarten schwarzen Schleifen an jeder Hüfte.

Sie dreht sich so, dass er ihr den Rücken zuwendet, und öffnet langsam ihren BH, so dass ihre Brüste frei über ihrem Korsett schwingen und aus ihrem vorübergehenden Gefängnis befreit werden.

Sandy seufzt vor Freude.

Mit dem Rücken zu ihrem Geliebten dreht sie ihren Kopf über seine Schulter und warnt ihn erneut:

"Nicht bewegen".

Sie dreht sich langsam um, entblößt ihm ihre köstlichen Brüste und trägt den BH in ihren Händen.

Als er es in Richtung Bett wirft, fällt es auf sein Knie.

Die Spitze des BHs kitzelt ihr Knie und sie beginnt sich zu bücken, um ihn auszuziehen.

Sandy sieht ihn ernst an:

„Dies ist Ihre erste Warnung. Bewegen Sie sich nicht. Sie wissen sehr gut, was passieren wird, wenn Sie es tun."

Während Sie Schwierigkeiten haben, ruhig zu bleiben, haben Sie das Gefühl, dass Ihr BH unbequem ist und Ihr Knie kitzelt.

Er wird sich seiner Anwesenheit zunehmend bewusst.

Seine Haut kribbelt vor Lust zu kratzen.

Während sich ihre Blicke weiterhin treffen, zieht Sandy langsam an den Bändern an den Seiten ihres schwarzen Tangas und öffnet ihn.

Währenddessen fällt es zusammen mit den anderen Kleidungsstücken zu Boden.

Stehend, jetzt bis auf das Korsett völlig nackt, hebt Sandy langsam ihr linkes Knie vom Fußende des Bettes zur Matratze, um darauf zu kriechen.

Sie hebt das andere Knie und liegt ihm zu Füßen.

Mit nach vorne ausgestreckten Händen schwankt sein Körper leicht vor unkontrollierter Lust.

Sie schaukelt auf ihren Knien und ahmt sein Verlangen nach, seinen harten Schwanz zu reiten, während sie ihm lustvoll in die Augen schaut.

dieses wunderschöne Sexkätzchen am Fußende seines Bettes zu übernehmen .

Er erinnert sich daran, wie lange sie darauf gewartet haben, diese Fantasie richtig zu verwirklichen, und er möchte sie bis ins letzte Detail erfüllen.

Er windet sich ungeduldig und erinnert sich daran, dass er dieses köstliche Spiel ruinieren wird, wenn er sich bewegt.

Sein Schwanz steht stramm und Sandy kann nicht anders, als zu bemerken, wie absolut appetitlich er aussieht.

Er leckt sich suggestiv die Lippen, begegnet ihrem Blick und bemerkt, dass sich Schweiß auf seiner Oberlippe bildet.

Während er darum kämpft, seinen Wünschen für diese Nacht nachzukommen.

Sie bleibt stehen und merkt, dass ihr BH immer noch an ihrem Knie reibt, wohl wissend, dass das Material des Stoffes ihn verrückt machen muss.

Zu seinem Glück hebt sie ihn von ihrem Knie.

Doch dann lässt sie den Netz- und Spitzenstoff langsam an ihrem Oberschenkel hinauf, über ihre Leistengegend, streichelt leicht ihre Haut, bis sie ihn schließlich hinter sich auf den Stapel ausrangierter Kleidung am Fußende des Bettes wirft.

Sie lässt ihren Körper anmutig gleiten und bringt ihren Mund nur Zentimeter von seinem entfernt.

Als sie seine Lippen betrachtet, weiß sie, dass dies der Mund ist, den sie mit purer Leidenschaft und großem Hunger küsst.

Sie weiß, dass er gegen sein stärkstes Verlangen ankämpft, nicht still zu stehen und sie mit seinem Mund zu verschlingen.

Sie sitzt auf seiner Brust, stützt ihren Körper mit ihren starken Beinen, ihre eifrige Muschi und ihre üppige Haut reiben an seinem Oberkörper.

Sie setzt sich rittlings auf ihn und fragt ihn leise:

„Möchtest du mich probieren?"

Zitternd, wohl wissend, dass sie für die Nacht ihre Macht komplett ausgetauscht haben, kann er nur nicken.

Als Reaktion auf sein Nicken fährt Sandy mit ihrem Mittelfinger über seinen tropfenden Schlitz und hebt sich leicht, sodass er sie ansieht.

Mit seinem von ihren Säften glitzernden Finger fährt er ihr unter die Nase, ohne ihre Haut zu berühren.

„Kannst du mich riechen, Sam?"

Er nickt erneut.

„Möchtest du mich probieren, Sam?"

Sandy nimmt ihre Rolle als Verantwortliche völlig auf und genießt es, ihn immer wieder zu necken, wohlwissend, dass sie am Ende der Nacht etwas völlig Neues erlebt haben werden.

Sandy berührt mit ihrem Finger seine zitternde Oberlippe und füttert ihn mit ihren Säften wie eine Oase in der Wüste.

Während Sie mit dem Finger über ihre Lippen fahren, beugt sie sich nach vorne, sodass ihre Brüste schwanken und dabei seine Brust berühren.

Er streckt seine Zunge heraus, leckt nur ihre Lippen, teilt ihre Säfte, schmeckt ihre Lippen, hält sich davon ab, ihn zu verschlingen, wissend, dass er, sobald er sie küsst, die Kontrolle verlieren wird, an der er so hart gearbeitet hat .

Mit angespannten Lippen beim Spielen gewinnt Sandy schnell ihren leichten Verlust der Fassung zurück.

Er steckt seinen Finger zwischen die Zähne und leckt ihre Essenz.

Ihre und seine Augen trennen sich nie und mit ihrem Blick haben sie sich bereits tausende Male gefickt, bevor ihre Körperteile überhaupt zusammenlaufen.

Sie rutscht ein wenig an seinem Oberkörper herunter und spielt mit ihrem Hintern mit seinem erigierten Schwanz, während ihr Gesäß seine pochende Männlichkeit umschließt, die sich nur schwer zwischen ihre Beine schieben kann.

Sie rutscht weiter zurück, ihre warme, heiße Blüte berührt die Spitze seines harten Stabes und verlockt und neckt ihn mit ihrer Wärme.

Sie gleitet an seinen Beinen entlang, die er nur mit Mühe ruhig halten kann, bis ihr Mund seine massive Erektion erreicht.

Langsam schiebt Sandy ihre Zungenspitze zwischen seine Lippen und leckt den Kopf, aber sonst nichts.

Ihr Geliebter versucht mit aller Kraft, tief in ihre Kehle einzudringen, aber sie weigert sich, ihrem Wunsch nachzugeben, ihn mit ihrem Mund zu umschließen.

Stattdessen quält sie ihn langsam, leckt einfach wie eine Eistüte und schmeckt die runde Spitze seines Schwanzes.

„Willst du mehr, Sam?" Fragt Sandy süß.

„Uh huh", eine erstickte Antwort kommt aus seiner Kehle.

„Du musst zeigen, was du willst. Zeig mir, was ich mit deinem Mund machen soll."

Als Sandy das sagt, schiebt sie ihren Körper von seinem Schwanz nach oben zu seinem Mund, wo sie ihre triefende Muschi neben seinen Mund legt.

„Zeig mir, wie gerne du geleckt wirst. Ich muss lernen und nur du weißt, was du am meisten brauchst."

Sandy setzt sich direkt auf ihren Mund, während sie mit beiden Händen seitlich an ihrem Kopf greift und ihren Kopf nach vorne führt, um ihren Mund und ihre Muschi in direkten Kontakt zu bringen.

„Iss mich. Zeig mir, wie sehr du mich willst."

Als sie ihm befiehlt, dies zu tun, lässt Sandy ihren Kopf los, legt sich zurück auf ihre Arme und bringt ihre Muschi näher an seinen Mund.

Sie wirft vor Ekstase den Kopf zurück und stellt fest, dass ihr Liebhaber ihr Rollenspiel wieder einmal in vollen Zügen genießt, während er hungrig ihre Muschi umkreist, wohlwissend, dass die Belohnung immens sein wird, wenn sie einen guten Job macht.

Mit seiner Zunge über ihre Lippen gleitend, ihre Blüte öffnend, an ihrer Klitoris saugend, fühlt er sich in ihrem hungrigen Mund immer unglaublicher.

Er leckt sie weiter, bis seine Erregung über ihr Kinn läuft.

Er greift nach ihren Hüften und sie weicht schnell zurück.

„Ich habe dir gesagt, du sollst dich nicht bewegen. Das ist deine zweite Warnung."

Während sie schnell ihre Muschi aus seinem Mund nimmt, beobachtet sie den verwirrten Ausdruck in den Augen ihres Geliebten.

Unfähig, ganz in ihrer Rolle zu bleiben, beugt sich Sandy vor und leckt zärtlich ihre Säfte von seinem Gesicht, küsst seine Wangen und schaut ihm in die Augen, damit er versteht, dass sie das Spiel wirklich spielt, aber dass nichts sie wirklich von ihm abhalten kann. er.

Nachdem sie seinen Mund geleckt hat, lässt ihn die Erinnerung an seine eigene Erregung fast die Kontrolle verlieren.

Zitternd darum, ihre Rolle zu behaupten, entfernt sie sich schnell wieder von ihm und klettert vom Bett, um ihren Geliebten anzusehen, der dort liegt und auf seinen nächsten Schritt wartet.

Sein Schwanz glänzt dort, wo sie den Kopf geleckt hat, aber sie bemerkt einen kleinen Tropfen Precum, der aus der Spitze drückt.

„Sam, es hört sich an, als wärst du wirklich aufgeregt. Kannst du mir davon erzählen?"

„Du machst mich verrückt, Sandy. Das ist die süßeste Folter, die ich je erlebt habe."

„Nun, Sam, Geduld lohnt sich und ich möchte, dass wir beide etwas lernen. Und ich bin noch lange nicht fertig mit dir."

Während sie das sagt, stößt sie sich schnell vom Bett ab und beugt sich vor, um ihrem Liebhaber einen Blick auf ihren wunderbar runden Hintern zu ermöglichen.

Er stöhnt lustvoll und weiß, dass er nur zusehen muss.

Sie holt etwas aus ihrer Tasche und dreht sich um, hält einen kleinen Gegenstand in der Hand, aber offensichtlich mit geballter Faust, weil sie nicht bereit ist, dass er es sieht.

„Schließe deine Augen", befiehlt er.

Ihre gesamte Willenskraft wird auf die Probe gestellt, da die einzigen Einschränkungen und Verbote, die sie für dieses Rollenspiel anwenden, rein mentaler Natur sind.

Er hat sich entschieden, sich nicht zu bewegen oder die Augen zu öffnen, einfach weil Sandy es verlangt hat.

Er spürt, wie sich ihr Körper neben seinem bewegt und die Matratze sich leicht bewegt, da sie neben ihm gesessen haben muss.

Ihre kleine Hand berührt die Spitze seines Schwanzes, ihr Finger reibt das Precum um die Spitze herum.

„Sam, du siehst aus, als würdest du gleich explodieren. Aber ich bin dazu bereit. Aber mach dir keine Sorgen und öffne nicht deine Augen und beweg dich nicht."

Die Stille ist ohrenbetäubend, denn das einzige Geräusch im Raum ist sein immer schwerer werdender Atem.

Sandy greift mit einer Hand nach seinem Schwanz und mit der anderen schiebt er etwas über den Kopf, einen kalten Metallring, der einen Schauer durch seinen Körper jagt und seine Wirbelsäule zum Schaudern bringt.

Sie schiebt den Ring an die Basis seines Schwanzes und sein Puls zuckt.

Sie spüren sofort, wie Sie stärker werden und anschwellen.

"Öffne deine Augen."

Sein Geliebter öffnet die Augen und erhascht das Aufblitzen von Metall und einem Polster an der Basis seiner massiven Erektion.

„Ein Penisring, oder?"

„Das ist mein Sicherheits-Joker, Sam. Ich habe viel mit dir zu tun und ich möchte nicht, dass das endet, bevor es beginnt. Spürst du es?"

„Ja, es ist eng."

„Es ist unangenehm?"

„Nein, nur anders."

Sein Geliebter schluckt etwas nervös, da er noch nie ein Spielzeug für Erwachsene benutzt hat.

„Das Lager soll mir Freude bereiten. Ich werde sehen, wie es sich anfühlt. Halten Sie still."

Sandy genießt ihr Kontrollspiel und ihre Erregung erreicht allmählich ihren Höhepunkt.

Ihre heißen Säfte fließen frei, also muss sie sich nur rittlings auf ihn setzen und sich auf ihn stürzen, der sie sofort mit seinem riesigen Schwanz füllt.

Sie beugt sich vor und lässt die Walze über ihre Klitoris rollen.

Sein Körper erwärmt sofort das kalte Metall und drückt sich suggestiv gegen ihren magischen Punkt, während sie nach vorne schaukelt.

Sein Schwanz wölbt sich leicht, als sie sich in die Höhle drückt.

Sie greift mit ihren kleinen Händen nach seinen Handgelenken, wobei jede Art von Immobilisierung nur symbolischer Natur ist, da er sie leicht besiegen könnte.

In seinem Spiel geht es nicht wirklich um Macht.

Sie gibt sich einfach als Aggressorin, als siegreiche Heldin aus.

Mit einem schlauen Augenzwinkern des unausgesprochenen Verständnisses zwischen ihnen steigert sich ihre gegenseitige Freude.

„Das ist es, was ich will, Sam. Kannst du mich fühlen? Kannst du spüren, wie heiß du mich machst?"

Sandy beißt sich auf die Unterlippe, während sie fester drückt.

Die Wände ihrer Vagina ziehen sich zusammen und umklammern Sams Glied mit besitzergreifender Dominanz.

Sie steht höher und drückt seinen Schwanz, während er spürt, wie der Penisring seine Erregung einschränkt und es schwieriger macht.

Sam verzieht das Gesicht, als er instinktiv seine Hüften wild in die Tiefen ihrer weiblichen Reize stößt.

Doch als er bedenkt, dass er bereits zwei Warnungen hat, fällt es ihm schwer, sich zu beherrschen.

Sandy gleitet auf die Spitze seines Schwanzes, nur mit dem Kopf in ihr, und sitzt vollkommen still da, bereit, ihn loszulassen oder ihn zu umgeben.

Der angespannte Moment geht weiter, als Sandy vollkommen still bleibt.

„Sam, gefällt dir das? Gefällt dir, wie dein Liebhaber spielt? Kannst du mir noch einmal folgen?"

Sandys spielerische Neckereien begeistern Sam, als ihm klar wird, dass er die Grenze nur einmal überschreiten kann.

Anstatt ihr zu antworten, hebt er seine Hüften und versenkt sein pochendes Glied voller Männlichkeit in ihr.

Der Penisring rollt über ihren Kitzler und er lächelt sie spielerisch an.

„Drei Verwarnungen schicken mich auf die Bank?"

Sandy schaudert für einen Moment, entschlossen, die Kontrolle zu behalten, und lächelt Sam an.

„Baseball-Analogie, nicht wahr? Ich würde das als Foul bezeichnen. Lass uns einen anderen Pitch machen."

Sandy hält weiterhin Sams Handgelenk in einer Art falschem Griff, während sie sich widerstrebend von ihm löst.

Wenn man es sich ansieht, verliert die Prämisse des Spiels plötzlich an Bedeutung.

Sie möchte, dass dieser Mann in sie eindringt, und sie verliert von Minute zu Minute ihre Willenskraft.

„Ich glaube, ich muss mich beim Pitcher erkundigen", sagt Sandy und hält dabei die Baseball-Analogie aufrecht, beugt sich aber vor, um Sam zu küssen.

Sie drückt ihren Mund auf seinen und stöhnt lustvoll, während das Rollenspiel schnell verfliegt.

Atemlos löst sie sich von ihm.

„Fick mich jetzt. Das ist mein Befehl, Sam."

Sam lächelt seine Sandy an und atmet erleichtert auf.

„Mit oder ohne dieses Ding?"

Sam zeigt neugierig auf den Penisring.

„Damit, bis du kurz vor dem Höhepunkt bist, dann ziehe ich es aus."

Sandy rollt sich auf den Rücken und spreizt mit einer verführerischen Einladung ihre Beine.

„Sam, denk dran, ich habe immer noch das Sagen und ich möchte, dass du mich mit deinem Mund fickst."

„Mit Vergnügen, meine Herrin. Mit Vergnügen. Jetzt bist du an der Reihe, still zu bleiben."

Während Sandy ihre Beine spreizt, positioniert sich Sam zwischen ihnen und lässt hungrig ihre Zunge zwischen ihnen herumwirbeln, während sie nach dem Nektar tastet. gleiten Sie über seine Zunge, die dankbar für seine Erregung fließt.

Während er ihre geöffnete Blüte leckt und um sie herumgeht, stöhnt Sandy vor Sehnsucht und Urverlangen.

Sandy verliert sich in den Empfindungen von Sams Zunge und schwebt an einen Ort weit weg von ihrem Hotelzimmer.

Sie packt seinen Kopf und lädt ihn schweigend ein, sich ihrer ekstatischen Reise anzuschließen.

Sam misst ihre Reaktionen und weiß, dass sie kurz vor ihrem Orgasmus steht.

Er gleitet an ihrem Körper hinauf, ihr Geschmack immer noch auf seinen Lippen.

Während er seinen Schwanz in sie hineinschiebt, küsst er ihren Mund innig.

Sam dringt mit Leichtigkeit in sie ein und spürt, wie ihre zitternden Wände ihn umgeben.

Sie spürt seinen Ring an ihrer Klitoris, während Sam immer wieder zustößt und ihr zeigt, dass es zwei und nicht einen braucht, um Liebe zu machen.

Sie beugt ihre Beine nach hinten, bis sie auf Sams Schultern ruhen, und er dringt vollständig in sie ein.

Ihr Körper ist voll von ihm, ihre Klitoris kitzelt und er spürt jede Tiefe ihrer Weiblichkeit.

Sam verzehrt ihr Gesicht, ihren Hals und ihre Schultern mit seinen Küssen.

„Oh Sam.“

Sam beschleunigt sein Tempo, da er weiß, dass seine Sandy kurz vor dem Höhepunkt steht.

Sie beginnt sich zu rühren und er erinnert sich an die Prämisse der Nacht.

„Bist du bereit, meine Herrin?“

"Ich bin."

Sam hält einen Moment inne und zieht sich dann wieder von Sandy zurück.

Sie packt seinen mit ihren Säften gesättigten Schwanz und rollt den Penisring auf.

Die abgerundete Metallkugel zeichnet einen unsichtbaren Weg entlang Ihres Schwanzes.

Er hält den leuchtenden Ring in seiner Handfläche und lächelt über das Symbol ihrer gegenseitigen Ekstase.

Sandy führt den Ring an ihren Mund und leckt den Umfang ab, ohne den Blick von Sam abzuwenden.

Sie hält den Ring zwischen ihren Zähnen und beugt sich zu Sam, während er ihn von ihren Zähnen zieht, nur um ihn dann auf das Bett zu werfen.

„Du bist so schön, dass mich nichts davon abhalten kann, in jeder Hinsicht in dir sein zu wollen."

„Nimm mich, mein Geliebter."

Ohne ein weiteres Wort schiebt Sam seine rasende Erektion in Sandys hungrige Öffnung.

Sie begrüßt ihn praktisch mit einem Willkommensruf im Inneren.

Er stößt sie immer und immer wieder brutal an.

Sandy stöhnt vor unkontrollierbarer Leidenschaft.

„ Mmmmmmmmmmm , Sam. Oh Schatz. So, so, lauter, so ."

„Oh Baby, Sandy, ich liebe dich so sehr."

„Komm schon, Sam, härter."

Sam hält einen Moment inne und befreit sich von Sandys Hitze.

„Sandy, ich bin bereit zu explodieren. Bist du bereit?"

„Ich war in dem Moment bereit für dich, als du reinkamst, Sam."

Als Sandy das sagt, geht sie in die Hocke und führt Sam zurück zu ihrer eifrigen Öffnung.

Mit einer schnellen Bewegung drängt sich Sam auf Sandy zu und beißt die Zähne zusammen.

Er vergrub seinen pochenden Schwanz tief in ihr.

Sie stöhnt wie eine Frau, die plötzlich mit allem gefüllt ist, was sie braucht.

„Oh Sam, du hast es immer noch riesig für mich."

den ganzen Tag über aufgeregt . Ich habe es geliebt zu sehen, wie Sie die Kontrolle übernommen haben."

„Es ist wahr, dass du das nicht so hast, und ich liebe es, das, was du hast, mit mir zu teilen."

Die Liebenden hören auf zu reden und beginnen, sich schneller zu bewegen, beide ihrem Höhepunkt so gefährlich nahe.

Sam stößt wiederholt und Sandy erhebt sich, um jedem seiner Stöße gerecht zu werden, während sie in urtümliche Freude tanzen.

„Oh Sam, komm mit mir...ich bin schon da..."

Sandy schnappt nach Luft und windet sich, während sich ihr Gesicht vor unkontrollierter Leidenschaft verzieht, während Wellen kontrahierender Muskeln ihren Kern erobern und Freude durch ihren Körper ausstrahlen.

„Oh Sandy..."

Sams Körper versteift sich und er nimmt sie in seine Arme, während er seine ganze Energie von seinem pulsierenden Schwanz auf Sandys einladenden Körper überträgt.

Sein Sperma fließt in sie hinein, während ihr Saft in flüssiger Ekstase um seinen Schwanz fließt.

Sie lassen sich atemlos auf die Matratze fallen und halten sich an den Händen, während ihr Herzschlag langsamer wird.

„Das war viel besser als der übliche Quickie, finden Sie nicht?" Sam lächelt Sandy böse an.

„Oh ja, und die Reise meines Mannes war hilfreich. So konnten wir unser Zimmer besser genießen."

„Nun, Schatz, ich wollte wirklich nicht meine ganze aufgestaute Leidenschaft dafür ausgeben, meine Frau ins Bett zu bringen. Ich wollte dir alles geben."

„Und ich wollte, dass du mir alles gibst. Ich würde sagen, wir haben unseren Wunsch erfüllt, oder?"

"Ja. Und wir haben noch Zeit für mehr, da meine Frau mich nicht so schnell zu Hause erwartet..."

"Brillant! „Wir müssen diesen leckeren Schwanz wieder hart machen", sagte Sandy, als sie sich bückte, um seinen Schwanz erneut zu lecken ...

# ZOMBIE-APOKALYPSEX

Der beste Teil der Zombie-Apokalypse?

Die Mädchen danken dir, wenn du ihr Leben rettest.

Es ist mein ernst.

Das tun sie wirklich, auch wenn Sie einen Typ wie meinen haben.

Ich bin weder der Größte noch der Klügste oder Schönste in der Stadt.

Ich bin so normal wie möglich.

Ich bin 1,70 Meter groß.

Ich habe glattes braunes Haar, das ich kurz lasse.

Es ist kein Mahagoni oder braunes Haar.

Es ist weder lang noch wellig oder besonders glänzend.

Es ist braun, wie ein typischer brauner Cartoon.

Ich bin weder dick noch dünn.

Ich weiß es einfach nicht.

Außer Form?

Die beste Übung, die ich je gemacht habe, war das Schwingen des mittelalterlichen Schwertes, das ich vor ein paar Jahren auf einem Renaissance-Festival gekauft habe.

Verdammt, ich habe es geliebt, dieses böse Mädchen zu drehen.

Er kaufte sogar Wassermelonen, lehnte sie an einen Zaunpfosten und schnitt sie wie ein echter mittelalterlicher Krieger.

Ich gebe es zu.

In meinen Augen war ich schon immer ein bisschen schlecht.

Wer hätte gedacht, dass all das Schwertschwingen eines Tages nützlich sein würde?

Aber nichts davon reichte aus, um meine Mutter oder meine Schwester zu retten.

Ich denke, ich sollte sagen, dass ich meinen Vater auch nicht retten konnte.

Aber es ist lustig zu sagen, dass ich ihn nicht retten konnte, obwohl ich derjenige war, der ihm den Kopf abgeschlagen hat.

Ja, das ist scheiße.

Mir gefiel das alte.

Ich schärfte gerade Excalibur, wie ich mein Schwert nannte, auf meinen Knien, als er mein Zimmer betrat.

Mir wurde klar, dass etwas nicht stimmte.

Er war überall voller Blut, das, wie ich später erfuhr, von meiner Mutter stammte.

Ich habe nicht gesehen, wo er gebissen wurde, aber das war egal.

Er knurrte, genau wie im Film.

Es war ein tiefes, kehliges Geräusch, das eher so klang, als käme es von einem Tier als von einem Menschen.

Er taumelte mit ausgestreckten blutüberströmten Händen auf mich zu und ich wusste es.

Ich weiß nicht, woher ich das wusste, ich wusste es einfach.

Also stand ich auf und schrie etwas wie „Zurück!"

Als er nicht reagierte, schwang ich das Schwert.

Mein erster Mord.

Papa.

Tot und wieder tot.

Nach dem Erbrechen ging es mir gut.

Ich rannte durch das Haus.

Ich habe Mama tot und zerstückelt aufgefunden.

Meine Schwester war im Hinterhof und wurde immer noch von drei anderen Zombies gebissen.

Sie war immer eine Hure.

Ich habe mich um jeden Einzelnen ohne große Vorurteile gekümmert.

Es war einfacher, als es scheinen mag.

Mit dem Essen vor ihnen, meine Schwester, wollen die Zombies essen.

Es ist ihnen egal, ob noch jemand zum Festival kommt.

Es ist ihnen egal, ob es in der Nähe noch mehr kostenloses Mittagessen gibt.

Sie kümmern sich nur darum, an die Leckereien im Inneren zu gelangen.

Nachdem Herz, Lunge und Organe verschwunden sind, beginnen die Probleme.

Dann stehen sie auf und suchen nach mehr.

Das Schlimme ist, wie schnell sie fressen können.

Sie können einen Menschen schneller durchdringen als, nun ja, ich weiß nicht was.

Nachdem ich die letzten Zombies getötet hatte, die meine Schwester gefressen hatten, schaute ich mir an, was von ihr übrig geblieben war.

Es war nicht schön.

Es waren Lungenstücke und die meisten seiner Eingeweide dabei.

Anscheinend fressen Zombies nicht gern Scheiße.

Wer kann es ihnen wirklich verübeln?

Nancy Williams ist die hochnäsige heiße Frau, die neben meinem Haus wohnt.

Es gibt einen Garten, der unsere Häuser trennt.

Ich blieb lange genug stehen, um meine Turnschuhe anzuziehen, und rannte auf sein Haus zu.

Vielleicht war ich zu spät, ich wusste es nicht, aber ich musste es versuchen.

Nancy mag eine hochnäsige Schlampe sein, aber sie hat es nicht verdient, durch die Hände und den Mund eines Zombies zu sterben.

Ging nicht gut.

Während ich rannte, konnte ich sehen, dass ihre Außenbeleuchtung an war.

Die Lichter funktionieren wie ein Bewegungsmelder.

Als ich näher kam, konnte ich sehen, warum sie eingeschaltet waren.

Drei der Untoten befanden sich im Vorgarten und stolperten auf seine Tür zu.

Ich sah zu, wie der erste zur Tür rannte, bevor ich dort ankommen konnte.

Wie ein Idiot öffnete Nancys Vater die Tür und starb als Erster.

Das gab mir die Gelegenheit, die drei Zombies zu eliminieren, die den Kerl zum Abendessen überfallen hatten.

Wie ich schon sagte, wenn sie essen, ignorieren die Untoten alles andere.

Nancys Vater sah aus wie ein Wrack.

Ich sprang auf seinen Körper und rief Nancy an.

Andererseits hatte ich Glück, dass Nancys Mutter herauskam.

„Was hast du mit meinem Mann gemacht?" Sie schrie und warf eine Lampe nach mir.

Eine verdammte Lampe!

Ich habe sie mit Excalibur geschlagen.

Auch das Baseball, das er als Kind gespielt hatte, half ihm.

„Mrs. Williams! Zombies!" Ich habe versucht zu erklären.

Sie warf mir einen wilden Blick zu und rannte auf die Überreste ihres Mannes zu. Schlechte Idee.

Peter Williams war schlimm genug, um zu sterben und zurückzukommen.

Er packte seine Frau und begann zu essen.

Das sind die Schreie, die mich heute noch manche Nächte wach halten.

Auch wenn es nicht die Dame ist. Williams, wenn ich in der Ferne Schreie höre, ersetze ich ihre Schreie immer durch die, die ich an diesem Tag gehört habe.

Bei lebendigem Leibe gefressen zu werden, tut weh.

Ich hatte viel Zeit, das Rätsel zu lösen.

Wenn sie dich beißen, drehst du dich um.

Es kommt nicht darauf an, wo sie dich beißen, es kommt nur darauf an, dass sie es tun.

Man muss vermeiden, ein Bissen zu sein.

Und fragen Sie mich nicht warum, aber Zombie-Eingeweide oder Zombie-Blut an sich oder im Mund reichen nicht aus.

Wenn der Biss tödlich ist (Mr. Williams wurde zuerst in die Halsschlagader gebissen) und andere Zombies Sie nicht in Stücke reißen, können Sie sich ziemlich schnell umdrehen.

Sobald du stirbst, schätze ich.

Handelt es sich um einen nicht tödlichen Biss, dauert es eine Weile, bis das Gift seine Wirkung entfaltet.

Du stirbst immer noch und wirst einer der Untoten, aber es kann ein paar Stunden oder sogar Tage dauern.

Deshalb fängt man nach einer Weile an, die Neugebissenen genauso ungestraft zu töten, wie man die bereits verwandelten Dinger hergibt.

Warum nicht?

Sie werden früher oder später nur Probleme verursachen.

Ich mache nicht viel davon, aber ich mache es.

Mrs. Williams schrie immer noch, als sie blutig ermordet wurde (die zutreffendste Beschreibung, die ich geben kann), als Nancy in den Raum rannte.

Ich war verwirrt und verängstigt.

Sie sah, was ihr Vater ihrer Mutter antat.

"Etwas tun!" sie schrie mich an.

Da war ich schon drin.

Ich schwang das Schwert auf Mr. Williams' Kopf und enthauptete ihn.

Zerrissen und verstümmelt, aber kaum gefressen, drehte sich Nancys Mutter schnell um.

Sie knurrte mich an und das war alles was ich brauchte.

Irgendwann war er ohne Kopf.

"Mein Gott!" sagte Nancy.

„Ja. Zombies", erklärte ich.

„Kein Scheiß", sagte sie.

Er trug ein enges T-Shirt und Baumwollshorts.

Er sah verdammt heiß aus.

Sie trug keinen BH.

Ihre Brustwarzen waren höllisch hart.

Es ist komisch, dass ich mich an all das erinnern kann, als wäre es gestern passiert.

"Es gibt mehr?"

„Drei weitere Tote an der Front“, sagte ich.

Ich tat mein Bestes, um die Überreste seiner Eltern wegzuschieben und die Tür zu schließen.

Im Wohnzimmer lief der Fernseher, und die Moderatoren waren mit aktuellen Nachrichten ins Programm eingestiegen.

Die Scheiße war real und passierte überall.

Niemand wusste warum.

Niemand wusste, ob es Ground Zero gab.

Niemand kümmerte sich.

Nancy und ich gingen zur Couch und blickten erstaunt auf den Bildschirm.

„Danke, dass Sie mein Leben gerettet haben“, sagte sie, nachdem sie die Realität der neuen Zeit begriffen hatte.

„Kein Problem“, sagte ich.

"Weil ich?"

„Weil du hübsch bist“, sagte ich ihr.

Es war die Wahrheit und ich hatte zu viel Angst, um zu lügen.

„Danke“, sagte er und wir schauten weiter fern.

Ich kann mich nicht erinnern, wann es passierte, aber nach einer Weile schlug Nancy vor, dass ich duschen und das Blut abwaschen sollte.

Ich tat es.

Er gab mir einige Kleidungsstücke seines Vaters zum Anziehen.

Es hat mir nicht sehr gut gepasst.

Es hat mich nicht gekümmert.

Ich könnte nach Hause gehen und nach Kleidung suchen.

Dann brachte er mich in sein Zimmer.

„Ich möchte nicht als Jungfrau sterben", sagte er und gab mir einen zaghaften Kuss.

"Bist du Jungfrau?" Ich fragte.

Wenn man bedenkt, dass die Toten wieder zum Leben erwachten und die Lebenden fraßen, war das wahrscheinlich ein kleines Detail, aber es überraschte mich trotzdem.

"Wenn Sie nicht?"

„Scheiße, nein", sagte ich.

"Scheisse."

„Ich meine es ernst", beharrte ich.

Sie legte ihre Hand auf ihre Hüfte und warf mir diesen klassischen perversen Blick zu, der glücklicherweise nach der High School endet.

"WHO?" er forderte an.

„Katty Walker? Andy Müller ?"

„Nein , eigentlich habe ich es zuerst mit Vicky Flowers gemacht , aber ich habe auch etwas mit den anderen beiden gemacht. Und sie haben Spaß gemacht. Ich vermisse sie".

„Warum hast du nicht einen von ihnen gerettet?"

„Du warst näher dran."

„Ich kann nicht glauben, dass ich Jungfrau bin und du nicht", sagte sie.

„Es bedeutet nur, dass ich weiß, was ich tue", schlug ich vor.

„Wenn wir nicht sterben und du jemandem davon erzählst, werde ich dich töten."

Ich stellte Excalibur neben die Tür zu seinem Zimmer, wo er es leicht greifen konnte.

Dann habe ich sie geküsst.

Ich habe nicht gespielt, sie zu küssen, ich meine, ich habe sie geküsst.

Scheiß drauf.

Ich war der Held.

Er hatte genug Filme gesehen.

Ich wollte sie wie einen Helden küssen.

Ich drückte meine Lippen auf ihre und schob meine Zunge in ihren Mund.

Nancy stöhnte überrascht, bevor sie an mir schmolz.

Dann zog er sich zurück und zog sein Hemd aus.

Ich lag richtig.

Sie trug keinen BH, sie hatte große Brustwarzen und ihre Titten waren perfekt und servierten mir auf beiden Seiten wie ein Stück Kuchen.

Ich denke, es ist anzüglich von mir, ins Detail zu gehen, was als nächstes geschah, aber scheiß drauf.

Bis zu diesem Zeitpunkt in meinem Leben war Nancy die perfekte Zehn für mich.

Sie war das sexy Mädchen, das jeder Mann in seinen Fantasien benutzte.

Ich zog ihrem Vater die Kleidung aus (gruselig, ich weiß) und ließ sie meinen harten Schwanz sehen.

„Ich weiß nicht, was ich tun soll", sagte er.

„Zieh deine Shorts aus und ich kümmere mich um den Rest", sagte ich zu ihm. „Du hast doch schon einmal einen harten Schwanz gesehen, oder?"

„In Filmen und anderen Dingen."

„Gut genug. Du weißt also, dass du zuerst einen lutschen sollst, oder?"

"Ich muss?"

„Nein, du kannst als Jungfrau sterben", sagte ich und tat so, als würde ich mich anziehen.

„Warte, so?" Sie fragte.

Sie schlang ihre hübschen vollen Lippen um mich und begann zu saugen.

Sie war nicht sehr gut darin.

Sie war nicht so gut wie Andy Muller .

Jetzt könnte diese Schlampe einen verdammten Schwanz lutschen!

Aber es spielte keine Rolle, nicht wirklich.

Es würde nicht in Nancys Mund passen.

Ich wollte nur sehen, wie ihr Gesicht meinen Schwanz umschlang.

Es war eine Erinnerung an meinen Bruder, von der sie nichts wusste.

Es war ein Dankeschön an all die Male, in denen einer von uns, der Bruder, zum anderen gesagt hatte: Das Einzige, was sie hübscher machen würde, wäre, sie um meinen Schwanz gewickelt zu sehen.

Während sie nippte, hoffte ich, dass es meinem Bruder gut ging.

„Ich mache es richtig?" Sie fragte.

„Gut genug", sagte ich.

Ich war bereit zu ficken.

Fick dich.

Scheiß auf alles.

„Warum gehst du nicht aufs Bett?"

Nancy kletterte auf das Bett, legte sich auf den Rücken und sah mich nachdenklich an.

„Wird es wehtun?"

„Vielleicht", sagte ich und positionierte mich zum ersten Mal zwischen ihren Beinen.

Vicky war die Erste gewesen.

Bevor wir es gemacht haben, hatten wir gelesen, wie es geht.

Das ist wohl das, was Nerds tun.

Aus unserer Lektüre wusste ich, dass einige Mädchen, die ein intaktes Jungfernhäutchen hatten, starke Schmerzen verspüren konnten, wenn es platzte.

Es könnte etwas Blut sein.

Von da an würde es reibungslos verlaufen.

So war es bei Vicky und Andy.

Bei Nancy war das nicht der Fall.

Ich bin problemlos in sie hineingerutscht.

„Bist du sicher, dass du Jungfrau bist?"

Nun, im Nachhinein war das nicht die angemessenste Aussage, als man einem Mädchen begegnete, das einem sagte, sie sei Jungfrau.

„Du verdammter Bastard! Geh von mir runter!" Sie schrie und zuckte gegen mich.

Ich bin da rausgekommen.

„Was zum Teufel meinst du?"

„Ich sage nur, dass die anderen Mädchen..."

„Scheiß auf diese Huren", sagte er und fing dann an zu weinen.

Perfekt, dachte ich.

Als ob eine Zombie-Apokalypse nicht genug wäre, musste er sich auch mit einem weinenden, verwöhnten Gören auseinandersetzen.

„Es tut mir leid", sagte ich und stand von seinem Bett auf.

"Wo gehst du hin?"

„Ich weiß es nicht. Zuhause? Noch mehr Zombies töten? Ich weiß es nicht."

„Aber ich dachte, wir würden es tun, wissen Sie..." Sie schluchzte immer noch.

„Wir haben es einfach geschafft. Ein Schlag genügt. Herzlichen Glückwunsch, jetzt bist du keine Jungfrau mehr."

„Aber Julian sagte, es zähle nicht, es sei denn, ich hätte einen Orgasmus."

„Julian ? Julian Walker?" Ich fragte.

Sie nickte.

Julian Walker war .

Er war der Starspieler unserer High-School-Footballmannschaft und ihr Freund.

„Fickst du mit Julian ?"

„Diesen Teil machen wir, aber Julian sagte, ich sei noch Jungfrau, weil ich keinen Orgasmus hatte."

„Hatten Sie schon einmal einen Orgasmus?"

Sie errötete und nickte.

„Wenn ich es selbst mache."

„Mit deinen Fingern."

„Hey, nein! Ich benutze mein Spielzeug. Ich werde mich dort nicht anfassen."

„Darf ich dein Spielzeug sehen?"

„Nein", sagte sie.

„Okay", ich zuckte mit den Schultern.

Ich habe die übergroßen Hosen seines Vaters mitgenommen.

Auf dem Heimweg musste ich etwas anziehen.

„Warte, hier ist es", sagte sie und holte einen riesigen Gummivibrator aus ihrer Nachttischschublade.

„Benutzt du das bei dir selbst?" fragte ich fassungslos.

Sie nickte.

"Drinnen oder draußen?"

„Beides. Ich mag es drinnen, wirklich tief. Das ist schlimm, oder? Julian sagte, deshalb sei es dort unten so groß."

Ich war für einen Moment verwirrt.

Er war schon lange nicht mehr in ihr, aber er war noch lange nicht zu groß.

Sie fühlte sich angespannt.

Ich wusste, dass Enge nichts mit Jungfräulichkeit zu tun hat, also blieb mir nur eine Antwort.

„Darf ich Ihnen eine Frage stellen? Wer ist größer, meiner oder der von Julian ?"

Ich stand ihr gegenüber, während mein Schwanz immer noch hart vor ihr lag.

Julians ist halb so groß. Bist du schwarz? "

"Das?"

„ Julian sagte, die einzigen Männer mit größeren Schwänzen als er seien Schwarze."

„Nancy? Julian hat dich angelogen. Ich bin größer als der Durchschnitt, aber ich bin keine Laune der Natur."

„ Julian sagte, alle Typen in der Pornobranche seien zum Teil schwarz."

„ Julian ist ein verdammter Lügner", lachte ich und fragte mich, auf wie viele andere Arten ich für einen Narren gehalten werden könnte.

Ich dachte darüber nach, mir die Zeit zu nehmen, es ihr zu erklären, um ihr die Dinge klarzumachen, aber es schien mir zu viel Arbeit zu sein.

„Schau, es ist okay. Julian ist ein verlogener Bastard mit einem kleinen Schwanz und ich gehe zurück zu mir nach Hause, um ein paar passende Klamotten zu holen. Wenn du mitkommen willst, ficke ich dich in meinem Bett."

Sie hat es getan und ich habe es ihr angetan und ich schätze, sie hat ihre Jungfräulichkeit verloren, als sie kam, während ich noch in ihr war.

Ich weiß nicht, es sind Nächte wie diese , in denen ich am meisten an Nancy denke.

Sie hat nie ihren Schlampenmodus verloren , aber ich finde es trotzdem traurig, dass ich mich am nächsten Tag um sie kümmern musste.

Wir gingen von Haus zu Haus in der Nachbarschaft, um zu sehen, wer noch übrig war.

Nancy wollte nicht auf mich hören, um vorsichtig zu sein.

Sie rannte zum Haus ihres Freundes und er biss sie.

Na ja, das passiert. Ich nahm die Köpfe von beiden.

Zuerst ihr Freund und dann, nachdem sie konvertiert war, zu Nancy.

Aber so lernte ich Cristy Walker kennen, die etwas ältere Schwester von Nancys Freund.

Cristy hatte sich in ihrem Zimmer versteckt und die Tür vor ihrem Bruder verschlossen.

Er hörte Stimmen, Töten und schließlich verabschiedete ich mich von Nancy.

"Hallo?" schrie er aus seinem Zimmer. "Wer spricht?"

„Ich bin es", antwortete ich und stellte mich vor. „Jetzt ist es sicher."

„Es gibt Zombies", rief er.

"Ich weiß."

„Du, weißt du schon, wie es geht? Hast du sie getötet?"

„Sie sind wieder tot", versprach ich.

„Ich muss unbedingt pinkeln", sagte er, öffnete die Tür und rannte den Flur entlang ins Badezimmer.

Sie schloss die Badezimmertür nicht.

Ich habe nicht hingeschaut.

Es fühlte sich unhöflich an.

"Wer bist du noch mal?"

„Ich wohne im Block unten."

„Bist du der seltsame Typ, der Wassermelonen mit einem Schwert schneidet?"

"Ja, das bin ich."

Cristy errötete und kehrte in den Flur zurück.

Sie trug Höschen und ein T-Shirt.

Sie sah die Beine ihres Bruders und Nancys.

Der Rest befand sich im anderen Raum.

Cristy umarmte mich und gab mir einen dicken Kuss.

„Danke", sagte sie.

Ich vermute, dass er bei dem, was er als nächstes sagte, auf ihre Titten geschaut hat.

„Beschütze mich und das gehört dir", sagte er und küsste mich auf die Wange. „Diese und alle anderen Teile von mir."

Wie gesagt, es gibt nichts Besseres als die Zombie-Apokalypse, wenn es darum geht, Mädchen hochzureißen.

# ENDE